QUI A TUÉ SPINOZA ?

JEAN-FRANÇOIS BENSAHEL

QUI A TUÉ SPINOZA ?

roman

BERNARD GRASSET
PARIS

Couverture : © Atelier Mook.

ISBN 978-2-246-83423-6

À Bento

« Vous n'y comprenez rien ; vous ne voyez pas quel est votre intérêt : il vaut mieux qu'un seul homme meure pour le peuple, et que l'ensemble de la nation ne périsse pas. »

Évangile de Jean 11, 49-50

I.

La mort ne doit rien au hasard

Personne, jusqu'à Spinoza, n'avait ainsi manié la pensée comme une épée : Dieu n'est pas une personne mais la Nature, et bien d'autres choses encore, et tout est en Dieu. Tout ce qui survient se produit nécessairement. Le hasard n'existe pas. Il n'y a ni providence, ni miracles, ni paradis, ni enfer, ni immortalité de l'âme. Dieu ne juge évidemment pas.

La Bible n'est qu'un livre écrit par des hommes dotés d'une vive imagination, elle ne renseigne pas sur l'essence de Dieu. Moïse n'est qu'un homme politique, de génie certes. Jésus n'a pas une nature divine, mais il exprime, comme aucun autre, la sagesse éternelle.

Les religions établies conservent un rôle social fort utile : faire obéir, et répandre la justice et la charité.

Dans ce monde où tout est déterminé, les hommes n'ont aucun libre arbitre. Ils ne sont naturellement responsables de rien et rien n'est de leur faute, ils ne peuvent être ni loués ni blâmés. La découverte des causes qui les déterminent et déterminent tout leur permet de comprendre et d'agir au mieux de leurs intérêts et d'être heureux. La volonté est une chimère. La raison est le seul guide vraiment utile.

Aucune contrainte ne doit être exercée sur la pensée de quiconque.

La démocratie est préférable à tout autre régime.

Quand, en 1632, naît Baruch Spinoza à Amsterdam, la guerre de Trente Ans ravage le vieux continent sur fond d'affrontements entre catholiques et protestants. Mais la Hollande, première puissance du monde, échappe à ce climat de guerre. Il y règne une tolérance inédite en Europe. À Amsterdam, les Juifs vivent si librement qu'on qualifie la ville de « Nouvelle Jérusalem ». À l'époque, rares sont les grandes villes où la pratique du judaïsme est autorisée. Nombreux sont donc les marranes, Juifs exilés d'Espagne et du Portugal, qui s'y installent à l'orée de ce XVIIe siècle.

Spinoza est de ceux-là. Son grand-père et son père, issus d'une famille de convertis de force à la religion chrétienne, ont fui les massacres de l'Inquisition portugaise. Son prénom se déclinait dans les langues qu'il maîtrisait : Baruch, « béni » en hébreu ; Bento en portugais ; Benedictus en latin. Un bien encombrant présage pour celui qui, en 1656, sera maudit et frappé d'un *herem* définitif par sa communauté. Réprouvé, banni, exclu à vie de la communauté juive d'Amsterdam, à seulement vingt-trois ans… Il est jeune et vif, son regard est perçant comme celui d'un chat, il est prêt à bondir comme un tigre pour remettre en place ses interlocuteurs et ses maîtres qui se piquent d'avoir des idées mais ne maîtrisent pas les lois du raisonnement. Il les interrompt à loisir tant il les trouve lents et poussifs ; souvent il conclut leurs propos à leur place, puis leur démontre qu'ils ont tort. Il se plaît à agacer, mais rien ne l'effraie tant il est sûr de son intelligence et des droits qu'elle lui paraît donner, surtout sur ceux de sa religion. Les quitter ne l'effarouche pas. Sa vie est ailleurs, il s'est déjà mis à penser par lui-même. Le ciel des idées européen commence à peine à s'éclairer de cet esprit qui éclatera plus tard avec une implacable rigueur dans l'*Éthique*, son œuvre maîtresse. Car Spinoza est surtout l'homme d'un livre, légendaire par sa forme brève, imperturbable, géométrique, et par l'explosivité de son contenu. Fascinant par sa radicalité, par son économie de mots, ce livre semble une forteresse imprenable, mais une forteresse qui tiendrait dans la main.

Pour la postérité, le nom de Spinoza est devenu talisman ; l'*Éthique*, un coffre-fort que chacun fantasme de pouvoir forcer. S'il est devenu un mythe, lui qui a fait si peur et a tant été haï, lui qui n'est ni Alexandre, ni César, ni Napoléon, lui qui n'a pas voulu se faire un nom dans l'histoire, qui n'a pas cherché à vivre comme un dieu mais à connaître la nature de Dieu, c'est en raison de la puissance de son esprit. Il élabore une sagesse unique, un viatique pour gravir les plus hauts sommets accessibles à la pensée. Avec comme piolet, l'ordre d'exposition si cher aux mathématiques et, comme cordée, des axiomes, déductions, propositions, théorèmes, corollaires, dont l'*Éthique* est constituée. Pas de découvertes scientifiques cependant, il les a laissées à d'autres parmi ses contemporains : Descartes et son invention de la géométrie analytique, Huygens et sa théorie de l'optique, Newton et sa découverte de la gravitation universelle, Pascal et son système des probabilités, Leibniz et son calcul infinitésimal.

Pourtant, toute l'œuvre est tissée de démonstrations et de résultats. Jamais par goût de l'abstraction : ce à quoi Spinoza consacrera sa vie, c'est la vie même, cherchant à en trouver la formule. C'est pour que ses lecteurs puissent transposer sa philosophie et ses résultats dans leurs existences qu'il choisit la méthode géométrique. Pourquoi la vie serait-elle un objet d'étude plus simple que celui des autres sciences ? Pourquoi cette matière foisonnante ne mériterait-elle pas d'être ordonnée avec la même rigueur que les mathématiques ? Pourquoi serions-nous aussi peu exigeants avec elle, c'est-à-dire avec nous ? Et d'ailleurs, éducateur incomparable, il parsème son œuvre maîtresse de scolies, de commentaires appliqués à la vie quotidienne pour que tout le monde comprenne bien ce qu'il veut dire, pour se mettre à la portée de tous, et pour nous mettre tous à sa portée. Pour nous encorder avec lui.

Par jalousie, nombre de ses amis avaient mal compris le cadeau inestimable du philosophe au tout jeune Johannes Caesarius. Timide, gauche et réservé, celui-ci voulait en savoir plus sur la révolution des idées dont la Hollande était devenue le théâtre depuis que Descartes s'y était installé. Il hésitait pour sa carrière entre la religion et l'université, et avait besoin de choisir en connaissance de cause. Spinoza l'avait, contre quelque finance, hébergé dans le calme village de Rijnsburg où il s'était réfugié après son départ d'Amsterdam, et lui avait offert de partager sa chambre pour lui enseigner la philosophie de son temps. Le manque de maturité de son élève le désolait ; il le trouvait pénible, lent, même odieux. Celui-ci était bien jeune avec ses dix-sept ans, Spinoza en comptait déjà vingt-neuf. Pourtant le maître s'enchantait des efforts que son étudiant faisait, déclarant sans hésiter à ses amis : « Certes, je ne peux comme à vous lui révéler les secrets de mes pensées, mais il a un talent, une grande consistance pour devenir un chercheur de vérité. » Chaque jour, dans la chambre qu'ils partageaient, il lui expliquait Descartes, le fondateur de la science moderne qui avait donné à l'esprit la liberté de penser par lui-même, par son doute hyperbolique et radical, par la puissance du cogito, comme certitude première. Mais Spinoza avait fini par débusquer la profonde illusion tapie dans le système du Français : celle du libre arbitre, auquel Descartes, hélas, croyait.

Dès qu'il était en confiance, Spinoza parlait de tout avec ceux qui lui étaient sympathiques, et d'abord de la vie de chacun, pour leur faire entrevoir ce qu'elle pouvait devenir. Le philosophe était aimé des gens simples qu'il rencontrait, et qui lui témoignaient le plus souvent de l'affection. Ainsi de ses logeurs, à qui il consacrait du temps, se mettant à leur disposition ; il ne vivait pas chez eux en ermite, isolé dans une tour d'ivoire ; mais humble, affable et disponible, il prenait part aux conversations et aux jeux les plus ordinaires. Personne ne semblait comme lui pouvoir articuler une telle profondeur de la pensée avec une telle simplicité dans les conseils pratiques, car il était attaché à ce que chacun puisse par lui-même trouver le chemin de sa libération et se défasse des influences qui venaient sans cesse la contrarier. Tous ses conseils reposaient sur la même pierre angulaire : comprendre. Comprendre les causes de ce qui survient, puisque tout est causé ; comprendre pour être heureux, comprendre donc être heureux. C'est qu'il n'y a pas de hasard, mais seulement une méconnaissance des causes qui nous déterminent. Tant que nous restons dans cette ignorance, nous croyons, orgueilleux, que nous pouvons souverainement choisir, soumis à cette illusion du libre arbitre qui règne alors en maître. Or, tous nos choix, même les plus personnels, sont déterminés et causés : le choix d'un métier, d'une fréquentation, même d'une parole ou d'une pensée. Puisque tout est déterminé, la liberté c'est de parvenir à n'être déterminé que par nous-même, à ne plus être le jouet du monde extérieur, des idées ou des impulsions qui ne sont pas les nôtres. Voilà pourquoi il est si impérieux de connaître les causes qui nous agitent, et de les nommer, pour prétendre un jour être la source de tout ce que nous produisons, et ce, grâce à notre propre nécessité.

Voilà donc ce que veut enseigner Spinoza, pédagogue de la libération, de l'autonomie, de la puissance, révolutionnaire de la paix intérieure. Mais son propos, comme dans toute révolution, est tranchant et brutal. Se représenter comme un esclave manipulé par les événements, comme un pantin aux mains des circonstances : l'idée épouvante. Spinoza avait surmonté cette peur en apprenant à ne plus craindre ni espérer, à se concentrer sur la recherche du vrai, à comprendre ce qui le déterminait pour reprendre le contrôle de son existence, à ne plus être ballotté en tous sens comme les flots d'une mer agitée par des vents contraires, et à ne plus succomber à aucune illusion. À chacun de relever le défi maintenant, nous écrit-il. Spinoza guérit du romantisme, cet enfantillage pour ceux qui se frappent le torse, s'enthousiasment d'eux-mêmes pour surtout ne rien faire.

Le maître explique ce que peut devenir chaque vie. Il enseigne la sagesse de l'amour, intemporelle, mais dépassionnée et joyeuse. Une sagesse concrète à laquelle chacun peut accéder dans la vie de tous les jours, et dans toutes ses dimensions. Lui qui avait l'intelligence du quotidien, prêtait une attention particulière à ce que les hommes font de leurs journées, à leurs occupations professionnelles, auxquels ils consacrent tant de temps, et qui peuvent les mettre sur la bonne route ou les en éloigner. Dans son premier métier, Spinoza en avait fait l'amère expérience.

Spinoza avait débuté comme commerçant aux côtés de Miguel, son père, marchand à la bourse d'Amsterdam. À la mort de ce dernier, en 1654, âgé de vingt-deux ans, il reprend l'entreprise familiale avec son frère cadet, Gabriel. Renommée « Bento e Gabriel d'Espinosa », elle faisait de l'import-export de vins, d'amandes, de raisins secs et d'huile d'olive en provenance des Caraïbes. Il découvrit vite les bassesses que parfois les affaires imposent, la duplicité, l'oubli des échéances, les contrats non honorés, les marchandises non livrées, la qualité trompeuse, les pirates… Antonij Alvares, un négociant juif, s'était trouvé lui devoir la coquette somme de cinq cents florins qu'il n'avait aucune envie de lui payer. De mauvaise grâce, Spinoza le fit arrêter dans une auberge pour qu'il honore sa dette. Sitôt arrivé sur les lieux, se dirigeant vers son débiteur, affable comme à son habitude, Spinoza prit un grand coup de poing en pleine figure. Étrangement, l'apprenti négociant, contre la promesse du paiement, accepta de prendre en charge les frais d'huissier de l'arrestation. Parti chercher l'argent nécessaire à cette fin, il tomba sur le frère d'Alvares qui lui décocha à son tour une gifle, fit tomber son chapeau qu'il piétina rageusement puis le jeta dans le caniveau. L'accord tint pourtant… Un peu tendre, Spinoza.

Lucide sur ses limites, il ne se voyait pas perdre des heures à développer cette entreprise pour laquelle il n'avait pas les talents requis et, sans nourrir aucun mépris pour les activités économiques, il préféra la laisser à son frère. Il était pourtant reconnaissant à la bourse d'Amsterdam de lui avoir permis de rencontrer des marchands qui, comme lui, s'intéressaient aux idées et à la philosophie en cette époque où vie matérielle et vie de l'esprit ne s'opposaient en aucune manière. Peter Balling et Simon de Vries, Jarig Jellesz, chercheurs de vérité qui déniaient toute autorité aux pasteurs en matière de religion, étaient devenus ses amis de commerce et de pensée. Un même souffle les animait : franchir les mers houleuses, prendre des risques, méditer. En un mot, spéculer.

Après la bourse, la logique eût voulu qu'il devienne professeur, puisqu'il ne voulait plus être ni acheteur ni vendeur de marchandises, et qu'il enseigne Descartes à l'université. Mais son exclusion de la synagogue et sa condamnation radicale par la « nation portugaise », comme on appelait alors les Juifs de Hollande exilés de la péninsule Ibérique et leurs descendants, avaient changé sa vie. Menacé, il ne pouvait occuper de profession publique qui l'aurait facilement exposé à la vindicte. Et puis, il ne s'imaginait pas vivre uniquement de la production de ses idées. C'était un esprit concret qui avait un grand intérêt pour la réalité, même la plus grossière ; il sentait qu'en se frottant à elle il apprendrait beaucoup de choses, autant qu'en lisant des livres. Après une longue période de doute, il jeta son dévolu sur un métier manuel, de ceux qui font sentir la résistance de la nature et l'inertie de la matière, qui rendent humble et persévérant, et incitent à la sagesse. Comme ces vieux talmudistes pour lesquels sans métier, on n'est pas digne d'étudier : « Pas de farine, pas de Torah », disait l'adage qu'il connaissait. Sans doute avait-il eu l'intuition que les actes du corps avaient une correspondance dans l'esprit, qu'en travaillant avec ses mains, il développerait simultanément sa pensée, et qu'il serait alors un bien meilleur pédagogue.

Spinoza était devenu tailleur de lumière, tailleur de lentilles optiques pour télescopes et microscopes. Un métier au cœur de la science et de la technologie la plus avancée de son temps. Un métier en vogue tant la lumière était devenue une passion en Hollande. Rembrandt – ami de nombreux Juifs d'Amsterdam, et parmi eux, le rabbin Ben Israel, professeur de Spinoza, qu'il consultait régulièrement pour ses tableaux bibliques – en peignait l'affrontement avec l'ombre. Vermeer aussi la peignait, mais pour elle-même, pure. Huygens, enfin, en était son minutieux observateur et pointait ses instruments vers Mars, Vénus, et les anneaux de Saturne. Bien que l'un des plus grands scientifiques de son temps, grand mathématicien et immense astronome, il jalousait les capacités de polisseur de verre de Spinoza, son tour de main exceptionnel, sa connaissance pratique de l'optique.

Spinoza s'était révélé un artisan de génie. Devenu le meilleur ingénieur de la lumière de son temps, il faisait avec ses dix doigts des prodiges dont raffolaient les scientifiques de toute l'Europe, qui savaient où frapper pour observer l'infiniment grand ou l'infiniment petit avec les meilleures lentilles. En polissant avec précision, en répétant cent fois les mêmes gestes, Spinoza observait son corps se transformer, il voyait dans le même mouvement ses pensées s'affiner et se polir. Patience du corps et de l'esprit ; comme il polissait ses verres, il polissait son *Éthique* ou, à la fin de sa vie, les constitutions politiques des États. Ce goût des faits et du réel lui permettait de se libérer des influences et de toujours porter attention à la vie dans ce qu'elle a de plus concret.

L'*Éthique* projette ainsi une haute intensité lumineuse sur la matière de nos vies, nos désirs, nos tristesses, nos joies. Grâce à elle, la raison peut enfin connaître les raisons du cœur.

Proposition 27, IIIe partie, corollaire : « Une chose qui nous fait pitié, nous nous efforcerons autant que nous pouvons de la libérer du malheur. »

Proposition 28, IIIe partie : « Tout ce que nous imaginons contribuer à la Joie, nous nous efforçons de le promouvoir pour que cela se fasse ; et tout ce que nous imaginons s'y opposer, autrement dit contribuer à la Tristesse, nous nous efforçons de l'éloigner ou de le détruire. »

Ou encore un peu plus loin, parmi les définitions générales des passions, la définition 37 : « La Vengeance est le Désir qui nous excite, par Haine réciproque, à faire du mal à qui, pareillement affecté, nous a infligé un dommage. »

Ingénieur, philosophe, opticien, chimiste, mais aussi dessinateur, amateur de poésie et bon convive, voilà l'homme, inclassable, qui voulait tout comprendre et jouir de tout. La naissance l'avait bien doté. Deux grands yeux en amande protégés par deux sourcils arqués qui se prolongeaient jusqu'aux commissures des paupières ; un grand nez droit, long et affûté comme un stylet ; de fines moustaches courbées couvrant une petite bouche qui n'était pas celle d'un grand mangeur mais d'un gourmet ; une chevelure bouclée qu'il prenait soin de plaquer sur son crâne et qui lui donnait un air affable, sensuel et oriental. C'était un homme séduisant et séducteur, doté de talents variés mais qui depuis qu'il s'était mis à penser par lui-même portait en lui, comme une obsession, son *Éthique*.

Livre suprêmement utile, mais radical et indifférent aux convenances ordinaires, elle défiait l'opinion publique et sapait les convictions communes. Elle prenait la suite du *Traité théologico-politique* qui avait déjà provoqué un séisme dans les pensées. Une vie passée à déconstruire avait valu beaucoup d'ennemis à son auteur, qui s'en était pris à tout ce qui jusque-là était considéré comme sacré : le Dieu de la Bible, les rois, l'ordre politique et social. Spinoza, ce petit Juif athée qui s'était fait exclure de la synagogue, n'avait rejoint aucune église, ne croyait à rien, avait été assimilé au diable en personne. On éructait qu'il avait forgé ses livres en enfer, qu'il était l'abomination même. La rumeur le dépeignait en homme dangereux à l'excès, un bandit, un vaurien, un ennemi de la paix sociale, un sulfureux, un subversif, un amateur de prostituées, de l'engeance des François Villon, Caravage, Surcouf, de la race de ceux que l'on vouait aux gémonies. Un pasteur bien intentionné, prédicateur de la religion de la charité, Carolus Tuinman, avait composé l'épitaphe suivante, à mettre le moment venu sur sa sépulture : « Crachez sur cette tombe. Ci-gît Spinoza. Plût à Dieu que sa doctrine aussi fût enfouie ici. Alors cette puanteur n'empoisonnerait plus l'âme. » Et pour que l'on soit sûr d'avoir bien compris, il ajoutait :

« Benedictus de Spinoza
Juif renégat qui combattit avec acharnement Dieu lui-même.
Jamais l'enfer ne produisit de monstre plus impie,
Car vous reniez celui devant lequel les diables tremblent.
Qui vous égale en perversité ? J'affirme que je l'ignore. »

Ce bon pasteur ne plaisantait pas avec la critique de la religion, comme tous ces calvinistes inflexibles qui ne plaisantaient d'ailleurs jamais, à l'image de leur maître dont l'histoire a gardé une image débonnaire. Pourtant, un siècle plus tôt, Calvin avait fait conduire au bûcher Michel Servet, ce théologien franco-espagnol qui refusait la divinité du Christ, puis fait mourir à petit feu Sébastien Castellion, théologien, traducteur de la Bible, pasteur apôtre de la tolérance religieuse qui avait pour passion la liberté de penser et de croire et qui avait été son ami. Ne pas croire au Ciel était un sacrilège qui pouvait coûter la vie, même dans cette république des Provinces-Unies, dont la province de Hollande était la principale puissance, si exceptionnellement tolérantes, tout enivrées du doux commerce et du calme marin.

Spinoza savait pertinemment que la liberté de penser, particulièrement en matière religieuse, était sévèrement contrainte et encadrée par les autorités politiques, ecclésiastiques et juives. Ces dernières surtout veillaient à maintenir l'orthodoxie dans les pensées, l'ordre dans les esprits et dans les comportements, afin qu'on ne vienne jamais leur chercher querelle pour la mauvaise gestion de leurs sujets et que l'on ne remette pas en cause les privilèges dont les Juifs jouissaient à Amsterdam. Spinoza avait très jeune, même quand il était encore membre de la communauté, pris des risques, dans un mélange d'effronterie, de convictions absolues, et d'insouciance que sa supériorité intellectuelle entretenait comme des bûches incandescentes. Il connaissait la rudesse des administrateurs de la synagogue. Tout arc-boutés à la reconstruction du judaïsme et à la floraison d'une vie juive dans les Provinces-Unies, ils faisaient preuve d'une grande intransigeance dès lors qu'il s'agissait de châtier tout manquement aux règles qu'ils avaient fixées. Ils avaient réactivé un vieux dispositif jusqu'alors peu utilisé : le *herem*, l'exclusion, un châtiment très rare dans le judaïsme, et cependant, devenu presque banal en ces temps-là : quelques dizaines de victimes avaient été frappées d'un *herem* avant lui, parmi lesquels certains rabbins. *Herem* pour un jour, pour quelques jours, pour quelques semaines, pour quelques mois ou pour l'éternité. Avec, dans le pire des cas, les cérémonies d'usage : trente-neuf coups de fouet au pilori pour les hérétiques, avant qu'on ne les enjambe en sortant de la synagogue. Certes, ni bûcher ni lapidation… À huit ans, le philosophe avait déjà assisté dans la synagogue aux coups de fouet donnés au mécréant Uriel da Costa. Chrétien mais fils d'une marrane, il s'était converti au judaïsme, mais ses recherches personnelles l'avaient conduit à nier l'immortalité de l'âme, l'utilité des rites, les bienfaits de la tradition juive comme de la tradition chrétienne. Il fut deux fois victime d'un *herem*. Après le premier, il s'était repenti publiquement, puis avait rechuté dans ses errements, ce qui lui avait valu une seconde expulsion. De nouveau pris de remords, il avait abjuré ses opinions passées, et décidé de se faire réintégrer dans la communauté. Celle-ci jugea que pour le punir définitivement et le sauver, seule l'humiliation publique serait efficace. Après le châtiment des lanières de cuir qui s'étaient abattues sur son corps supplicié, la communauté avait enjambé triomphalement son corps étendu sur le sol au seuil de la synagogue. C'en était trop pour lui. Il se suicida peu après.

Spinoza savait d'expérience que le bras de la synagogue ne tremblait pas quand son honneur et ses croyances étaient bafoués. Il en avait pris son parti. Rien ni personne ne pourrait le faire changer d'idées. Les dramatiques épreuves que la vie ne lui avait pas épargnées l'avaient endurci. La mort avait déjà fréquemment et sourdement frappé à sa porte.

À six ans, il avait perdu sa mère, Ana Debora, à dix-sept, son frère Isaac, à dix-neuf, sa sœur Myriam et sa belle-mère Esther, enfin à vingt-deux, son père Miguel. Plus directement encore, un fou s'était précipité sur lui pour lui donner un coup de couteau à la sortie de la synagogue. Son manteau l'avait protégé et il s'en était tiré avec une égratignure. C'était la raison du petit mot qu'il portait toujours à l'intérieur de son manteau à l'endroit même où le couteau avait cherché à pénétrer. *Caute*, sois prudent.

Mais se méfier n'était pas son fort. Naïvement, il restait convaincu que devant les écrasantes ressources de son intelligence tout le monde s'inclinerait. Orgueilleuse erreur de la jeunesse. Il croyait inébranlablement à ce que lui dictait sa conscience et n'était pas porté aux petits arrangements avec la vérité. Il avait continué à clamer qu'il ne croyait pas en l'immortalité de l'âme et expliqué à qui voulait l'entendre que la Bible n'était pas d'origine divine. Mais, outre ces opinions impies qu'il n'hésitait pas à professer, il s'était lancé dans une véritable guerre de déstabilisation contre cette « nation portugaise » abhorrée. Insoumis, il avait enfreint certaines des règles vitales en vigueur dans la communauté juive. Parmi celles-ci figurait l'interdiction impérieuse de rencontrer ou de donner du crédit à ceux qui rêvaient de convertir les Juifs à la foi chrétienne. Des sectes religieuses avaient remis au goût du jour cette vieille antienne ; millénaristes et quakers la jugeaient comme un préalable au retour imminent du Christ. L'année 1656 correspondait, selon leur calcul, au nombre d'années qui séparaient la création du monde du Déluge. Il fallait dès lors s'attendre, en 1656 après Jésus-Christ, à quelque chose de grand… Pendant que Spinoza était encore membre et donateur de la synagogue, il avait plusieurs fois rencontré des quakers et notamment un de leurs responsables, William Caton, dépêché à Amsterdam dès 1655 dans le but de hâter leur conversion. Il s'était montré avenant avec eux, sachant pourtant bien le danger qu'il courait à s'afficher ainsi ; il pactisait avec l'ennemi et commettait un crime de haute trahison. Peu lui importait.

Dernier coup d'éclat d'une longue liste, il avait consciemment bravé un autre décret de la communauté qui obligeait les Juifs à plaider leurs litiges devant son tribunal, seul juge souverain. Or, sa mère décédée, Spinoza venait de se placer sous la tutelle de la juridiction civile hollandaise des orphelins mineurs. De la sorte, il n'était plus tenu au paiement des dettes de son père et le débiteur qu'il était devenait juridiquement insaisissable. Sa stratégie était autant remarquable d'audace que son attitude défiait farouchement ses pairs. Il se moquait de leurs coutumes, de leurs obligations et de leurs rites ; il les ridiculisait ; il ne les aimait plus. Voulait-il les quitter ? Capable de haines féroces dans cette période de sa vie, il était devenu antisémite.

Quatre mois plus tard, le 27 juillet 1656, les représentants de la communauté juive n'eurent plus le choix, Spinoza sentait trop le soufre. Personne n'avait pu le raisonner pour qu'il fasse amende honorable. Un *herem* d'une violence inouïe s'abattit sur sa personne comme la foudre au mont Sinaï. Excipant de ses opinions horribles et hérétiques, de ses actes monstrueux, ce jugement le vouait aux malédictions éternelles, à l'effacement de son nom dans la suite des jours, et à la solitude la plus absolue puisque personne ne pouvait plus avoir commerce avec lui, ni l'approcher à moins de quatre coudées, ni lire ses œuvres. Les responsables de la communauté avaient décidé d'en faire un nouveau Caïn.

Spinoza ne vint pas à la sentence. Il avait jugé qu'il n'avait rien de bon à attendre de ces individus sots et bornés. Il ne voulait pas finir comme Uriel da Costa ; il se promettait de régler un jour leurs comptes à tous ces docteurs de la Loi et à démonter le mécanisme de leurs sinistres conduites et de leurs misérables idées. Ils ne pouvaient ni le blesser, ni même l'atteindre.

Avec autant d'insouciance que de défi, il décida de rester à Amsterdam après son *herem*, malgré les risques qu'il courait pour son intégrité physique. Il n'entendait pas rentrer dans le rang, ni entraver sa capacité de penser. Sa nature lui commandait de comprendre et de s'exprimer. Il avait là ses amis, la perspective de la solitude l'irritait. Comme d'habitude, il continuait à apprendre le latin, se frottait à ce que la ville comptait de cartésiens, et fréquentait le théâtre. Dans sa ville, l'air du grand large le portait, les canaux et la mer lui ouvraient un horizon infini. Au bout de quelques années, il finit toutefois par ne plus se sentir assez serein à Amsterdam, et s'exila à la campagne. D'abord à Rijnsburg, non loin de la ville universitaire de Leyde, champ de rivalités entre cartésiens et anticartésiens, puis à Voorburg, gros bourg à proximité de La Haye, dans laquelle il s'installera plus tard, mais loin du centre, pour ne pas être en vue.

Malgré le calme de l'existence chez des logeurs qui le laissaient en paix, il savait bien qu'il continuait d'être exposé à tous les dangers où qu'il demeurât. Pour ne pas être reconnu, il n'écrivait déjà plus que pour la seule postérité : il publia son *Traité théologico-politique*, critique systématique de la religion de son temps, sans nom d'auteur.

Quelques années plus tard, il refusa même de faire éditer son *Éthique*.

Quand la mort rattrapa Spinoza à La Haye, il œuvrait à son *Traité politique* dont il avait commencé à écrire les ultimes chapitres sur la démocratie. Quarante-quatre années d'éruption l'avaient exposé à des forces contraires et redoutables. Sa santé s'était un peu détériorée depuis quelque temps. Il avait maigri et il expectorait des quintes d'une toux rauque, accentuée par l'inhalation constante de la poussière de verre.

Son premier biographe, Jean Colerus, pasteur luthérien à La Haye, a documenté ses derniers jours à la façon d'un grand reporter, dans sa *Vie de Spinoza* publiée près de trente ans après sa disparition.

Le 21 février 1677, jour de sa mort, était un dimanche. La veille, Spinoza avait encouragé ses logeurs, M. et Mme van der Spyck, à aller à la messe et s'était enquis avec intérêt à leur retour de ce dont avait parlé le pasteur, tant il accordait une grande importance aux prédications. Ils avaient beaucoup discuté du sermon, lui fumant sa pipe, comme à son habitude. Colerus rapporte ainsi ses derniers instants : « Il était ensuite monté dans sa chambre et s'était couché tôt. Le lendemain il était descendu, et ils avaient de nouveau parlé, avant que ses logeurs n'aillent recevoir la communion. Il avait pris la précaution de faire venir la veille un médecin d'Amsterdam, un certain L.M., qui lui fit prescrire pour le déjeuner du bouillon de poule. Il en mangea avec bon appétit, une fois ses hôtes revenus de l'église. Le fameux médecin L.M. resta ensuite avec lui dans sa chambre. Ses hôtes étaient repartis écouter le sermon de l'après-midi, quand ils rentrèrent vers les trois heures, ils apprirent qu'il avait expiré en présence du médecin. Celui-ci s'en retourna le soir même à Amsterdam sans prendre le moindre soin du défunt, mais en ayant pris l'argent qui était resté sur la table, ainsi qu'un couteau à manche d'argent. »

Colerus prend bien soin de préciser que le logeur du défunt, avec lequel il s'était longuement entretenu, « ne croyait pas que sa fin fût proche, même peu de temps avant que la mort le surprît, et n'en avait pas la moindre pensée ». Et il présente un bien étrange individu, « le fameux médecin L.M. », au comportement trouble, à la fois incompétent et voleur, dont il ne veut pas nous révéler l'identité. Il insiste plus loin, expliquant qu'il « ne peut le désigner que par ces deux lettres », sans toutefois dire pourquoi. L'anonyme L.M. a pourtant un nom bien connu : Lodewijk Meyer, l'ami de toujours de Spinoza. Pourquoi tant d'application à ne pas le nommer alors qu'il était clairement identifiable ? Risquait-on de se salir à écrire son nom ? Pourquoi taire l'évidence ? Mais alors pourquoi nous troubler trente ans après et jouer à entretenir le mystère ?

Meyer, ainsi déconsidéré par Colerus, n'était pas n'importe quel ami de Spinoza. Proche parmi les proches, médecin, mais aussi prosateur, écrivain, linguiste, homme de théâtre, n'appartenant plus à aucune religion, il est l'un des deux hommes qui mettraient en forme et éditeraient les œuvres posthumes du maître, l'autre étant son ami négociant Jarig Jellesz.

Il part donc sans mot dire du domicile du défunt et n'oublie pas de se rémunérer en se servant sur la table. Autant faire les poches du gisant à peine refroidi ! Étrange et surprenant. Tellement surprenant d'ailleurs que Colerus se reprend aussitôt, brouille les cartes, et rapporte les rumeurs qui circulent sur l'autre scénario de la mort de Spinoza : son suicide. Il aurait fait préparer un petit breuvage à base de suc de mandragore qu'il aurait ingurgité avant de s'éteindre. Cette thèse rapportée par Colerus serait donc celle d'un suicide assisté par Meyer. Une telle éventualité n'était pas totalement incompatible avec son *Éthique*, tout en étant d'application fort rare. Mais, dans ce cas, le suc de mandragore, très connu depuis l'Antiquité comme antidouleur et hallucinogène, n'aurait pas manqué d'interpeller son logeur qui lui préparait le moindre breuvage, sauf si on le lui avait livré secrètement... Mais alors qui aurait pu le lui fournir ? Un alchimiste sans aucun doute. À dire vrai, le philosophe en comptait un parmi ses derniers amis : Georg Hermann Schuller. Celui-ci était fort à l'aise dans l'invention de potions. Spinoza, qui avait un attachement singulier pour la chimie et l'alchimie, s'était bien entendu avec lui. Toute transformation l'intéressait : celle de l'enfant en adulte, celle de l'ignorant en sage, celle du plomb en or, celle de sa vie, celle de toutes nos vies pendant lesquelles nous devenons un autre en restant le même.

Schuller était un homme curieux et talentueux, un bonimenteur peu ordinaire, ni vraiment homme de science, ni vraiment homme de lettres, mais un séducteur comme le sont les magiciens. Par son charme, il s'était trouvé au cœur d'un grand réseau de savants en Europe. Il était le carrefour où convergeaient Spinoza et ses amis, mais aussi le jeune Leibniz, aussi génial que florentin, qu'il avait mis en relation avec le philosophe. Mais si Schuller, qu'au demeurant le logeur connaissait bien, avait confectionné ce breuvage, pourquoi Colerus ne l'avait-il pas nommé ?

Dans l'*Éthique*, Spinoza avait démontré que chacun d'entre nous finit toujours par rencontrer sans hasard possible une puissance destructrice qui le désagrège et le tue. Or, tout donnait à penser, à ses proches en premier, que sa maladie n'était pas dans une phase aiguë. Colerus dirige alors clairement nos soupçons vers Lodewijk Meyer. Mais quelles raisons aurait-il eues de tuer son ami ? Peut-être Colerus incite-t-il son lecteur à voir en Meyer le coupable pour mieux l'égarer et le détourner d'autres suspects possibles ?

Défier, affoler, ruiner les croyances, dévoiler la mécanique du pouvoir politique et du pouvoir religieux qui n'en apparaissait que plus fallacieux, ne pouvait rester sans conséquences. Or, aux causes on ne peut se soustraire, Spinoza l'avait théorisé… Quel était donc le bras armé qui s'était levé contre lui ? Était-il vraiment plausible que ce fût L.M., Lodewijk Meyer ?

II.

Jarig et Lodewijk

Jarig Jellesz était un homme prudent, modeste, solitaire, bon gestionnaire, et financier avisé. Il plaçait haut l'amitié et le respect de la parole donnée. Célibataire, on ne lui connaissait pas d'aventure. Calme, timide, un peu naïf, il traversait ces jours-ci une crise comme il n'en avait jamais vécu : l'ami autour duquel il avait fait tourner sa vie, l'ami chaleureux, disponible et généreux, avait rendu l'âme. Son monde venait de s'effondrer. Durant ces journées de désespoir, il ressassait leur histoire commune. Il l'avait connu dans l'effervescence économique des années 1650 à la bourse d'Amsterdam, du temps où il avait, lui aussi, son commerce d'épices et de fruits secs. Puis, saisi par la métaphysique, il avait décidé de le vendre pour se consacrer à l'étude de la nouvelle philosophie, celle de Descartes, et à la contemplation de la vraie foi.

Jarig Jellesz était un esprit religieux autant qu'un esprit libre. Il voulait étudier les Écritures par lui-même ou en petit groupe, en collège, sans l'aide ni la présence d'un membre du clergé, sans intrus pour lui dire ce qu'il fallait lire et comprendre. Un exercice de l'intelligence pour tous, voilà ce qu'aurait dû être la lecture de la Bible depuis le commencement. Les Juifs s'y exerçaient eux depuis toujours, leur pratique de la lecture était immémoriale. Les chrétiens devaient urgemment en faire autant ; chacun disposait des lumières de la raison pour comprendre le texte le plus sacré. La conscience de Jarig Jellesz lui tenait lieu de magistère ; il ne voulait pas que quiconque lui dise la messe. C'était un chrétien sans église. Il appartenait au groupe des mennonites, disciples de Menno Simons, prêcheur évangélique de la religion réformée à l'origine d'un courant très présent en Hollande. Il ne croyait pas au baptême des enfants mais seulement à celui des adultes consentants. Il attachait une attention extrême à ce que sa vie de tous les jours soit moralement pure. Intraitable quant au respect de la tolérance, il détestait toute forme d'embrigadement, s'opposait à la guerre et refusait de porter des armes.

Philosophiquement, il était embarrassé par certaines des opinions de Descartes, pour qui les mystères de la religion chrétienne, inaccessibles à l'entendement, ne relevaient que de la croyance. Il ne partageait pas cette conviction. Selon lui, les enseignements du Christ exprimaient au plus haut point ceux de la raison. Il lisait le Prologue de l'Évangile de Jean comme un Grec : « Au commencement était… » non pas le Verbe, mais la raison, ainsi convaincu que la religion chrétienne ne pouvait qu'être rationnelle. Le mot grec pour le Verbe, *logos*, ne se traduisait-il par raison ? La sagesse éternelle de Dieu et la sagesse éternelle de la raison humaine étaient identiques. Persuadé de cette vérité, il vouerait sa vie à la clamer et rédigerait sa profession de foi pour une religion chrétienne et universelle, qu'il s'attacherait à accomplir.

Dans ses années de jeunesse, une grande émulation intellectuelle était née au sein du petit cénacle que son professeur de latin, Francis van den Enden, avait formé. La culture, la religion, la philosophie s'écrivaient dans cette langue. Il y avait retrouvé Bento Spinoza, et noué de nouvelles amitiés : Lodewijk Meyer ; Simon de Vries, l'intime, marchand fortuné et mennonite ; Peter Balling, marchand mennonite lui aussi, le mystique du groupe ; Johannes Bouwmeester, luthérien, poète, bon vivant, et, plus tard, Adriaan Koerbargh, juriste, médecin, philosophe radical.

Leur professeur, Francis van den Enden, valait le détour : homme de théâtre, libre-penseur, c'était un démocrate si convaincu qu'à la fin de sa vie, à Paris, il se mêla à un complot visant à renverser la monarchie française. Maladroit, parlant trop, il fut arrêté et pendu. Mais du temps où il était encore en vie, sa petite troupe à Amsterdam avait fière allure. Dans ce petit groupe, les personnalités de van den Enden et de Meyer se rejoignaient sur de nombreux points : extravertis, orgueilleux, tonitruants, hommes d'intrigue et de théâtre, méprisant la religion, ne participant à aucun groupe de lecture de la Bible. À ces esprits forts, il arrivait de rivaliser, et l'éclat de leurs personnalités si semblables les conduisait souvent au conflit. Il en allait tout autrement entre Jellesz et Meyer qui s'entendaient à merveille. Ils ne se quittaient jamais, eux dont les personnalités si différentes s'agençaient parfaitement.

Jellesz était sorti mélancolique du cimetière ce jeudi 25 février 1677. Quelques personnes, des voisins, le logeur, son épouse, des personnalités de la ville, sa maigre famille, suivaient le corbillard et venaient saluer, dans sa dernière demeure, les uns l'ami, les autres le grand homme. La brume était si épaisse qu'on ne se voyait pas les uns les autres, tout au plus distinguait-on le cheval qui tirait le cercueil. Il faisait froid, tout était silencieux. Le ciel bas écrasait les nuques, les regards étaient concentrés sur le sol boueux, les respirations du cheval guidaient le cortège funèbre. Le soleil du monde dans cette cage de bois allait bientôt disparaître dans la terre. Était-ce imaginable ?

Sur le chemin limoneux, Jellesz faisait défiler ses souvenirs et se rappelait ses années de jeunesse, d'enthousiasme, de camaraderie exemplaire, joviale et potache, où ces mousquetaires se promettaient de renverser le monde. Protégés par la tolérance des régents, ces riches marchands qui gouvernaient alors les Provinces-Unies en aristocrates très doués pour la politique – et, étonnamment aussi, pour les sciences –, ils se permettaient toutes les audaces. Il y avait parmi ces gouverneurs de Witt, grand pensionnaire, principal homme politique du pays et très puissant mathématicien ; Hudde, bourgmestre d'Amsterdam, spécialiste d'optique et de résolution des équations polynomiales, qui conversait avec tout ce que l'Europe comptait de savants, Leibniz au premier chef, mais aussi

Spinoza, Huygens et Pascal. Il revivait l'impudence du cénacle réuni autour de van den Enden ; celui-ci crachait sans aucune vergogne des pamphlets atrabilaires qui grossissaient la marée montante des libelles si nombreux à Amsterdam et rompaient la monotonie des pluies fines qui tombaient sur la ville. Leurs réunions enflammées entretenaient leur conviction de ne jamais laisser quiconque écrire leur vie à leur place. Vanité ? Boursouflure ? Ambition méritée ? Innocence ? Tout cela sans doute.

Voilà ce que Jarig Jellesz se remémorait dans son abattement, et tant d'autres conseils pratiques que Spinoza lui avait donnés. Sa vie, pour son salut, avait été marquée par cette rencontre. Toute la troupe lui était d'une reconnaissance infinie. Il ne comprenait pas que Meyer fût absent ce jour-là à la Neue Kerk, petite église de La Haye dans le cimetière de laquelle on avait enterré Spinoza. Pourquoi était-il le seul de leur petit cercle à avoir assisté aux obsèques, aux côtés de quelques notables de l'arrondissement et des braves van der Spyck, les logeurs du défunt ? Bouwmeester, cela pouvait se comprendre. Il était de tous celui qui était le plus fragile et le plus inconstant, dissipant son énergie sans rigueur, incapable de se fixer des objectifs de vie et de méditer sur ce qui lui arrivait. Velléitaire, la force d'âme lui faisait défaut. Mais Meyer, le seul autre survivant du petit cénacle ? Son absence lui soulevait le cœur. S'il avait lui, Jarig Jellesz, reçu la nouvelle du décès de leur ami Bento, lui aussi avait dû la recevoir. Il avait besoin de tirer l'affaire au clair.

Il lui avait alors donné rendez-vous dimanche 28 février 1677, huit jours après la mort de Spinoza, dans une des nombreuses auberges qui émaillaient Amsterdam, non loin du port. L'endroit, fort animé, grouillait de monde. On y croisait des marins imbibés qui déambulaient tard dans la nuit, après une halte dans l'une des nombreuses maisons closes de la ville qui en comptait autant que de canaux. D'innombrables marchands y bavardaient à toute heure. Centre économique du monde après le déclin de l'Espagne et du Portugal, alors que l'Angleterre commençait à peine à faire ses griffes sur les océans, les Provinces-Unies jouaient hardiment leur carte. Les plus grandes entreprises du monde, la Compagnie des Indes-Orientales et celle des Indes-Occidentales, raclaient les fonds des mers, sarclaient les étendues de terre et dégorgeaient leurs marchandises dans le grand port hollandais. Poumon du commerce mondial, celui-ci attirait comme un aimant ceux qui avaient le goût du commerce.

Dans cette grande auberge sombre dont le nom, le « Labyrinthe français », valait programme, où l'on allait et venait bruyamment, Jarig Jellesz pénétra ce dimanche, à quinze heures, et reconnut aussitôt Lodewijk Meyer dans un des nombreux renfoncements face à l'entrée. Celui-ci était attablé devant une bière et des harengs marinés. Une chandelle, agitée au gré des courants d'air, éclairait par intermittence son visage. D'un pas décidé, Jarig Jellesz saisit la chaise et lui fit fièrement face. Ils étaient assis suffisamment à l'écart pour que personne ne puisse surprendre leur conversation.

— Tu sais donc ?

— De quoi parles-tu ?

— Ne me prends pas pour un imbécile. Tu te crois toujours au-dessus de tout le monde ! Tu as été prévenu comme nous tous, grogna-t-il, lui d'ordinaire si calme.

— Quoi ? Dis-moi, bon sang !

— Mais Bento est mort depuis une semaine et tu n'as rien trouvé de mieux à faire que de disparaître ?

Jarig transperça Lodewijk du regard. Le monde extérieur semblait se retirer, le silence les enveloppait comme la brume enveloppe les navires. Ils n'entendaient plus le monde extérieur. Jarig, désemparé, au bord des larmes, lui narra l'enterrement. Lodewijk, imperméable à la mauvaise conscience, manifesta hautainement de l'incompréhension devant ce qu'il pensait être de la pitié de femme, comme on disait alors.

— Nous étions une vingtaine dans le cimetière de l'église. Les van der Spyck, les voisins, quelques notables admiratifs, sans trop savoir de quoi d'ailleurs. Sa sœur Rebecca et son neveu Daniel étaient aussi présents. Ils devaient le croire riche. Ils vont être vite déçus, ceux-là ! partit-il d'un éclat de rire amer.

— Pourquoi l'avoir enterré dans le cimetière d'une église ? C'est absurde, l'interrompit Lodewijk. Pourquoi ne t'y es-tu pas opposé ?

— Et toi, dis-moi, pourquoi tu n'es pas venu, jeudi, à l'enterrement ?

— Je ne pouvais pas car je ne savais pas. C'est très simple. Sinon, bien sûr j'aurais été à tes côtés. Mais que je sois là ou pas, cela lui aurait été totalement indifférent. S'apitoyer est obscène et stupide, Bento ne cessait de le répéter. On ne doit pas plus s'apitoyer sur le fait que la pomme tombe de l'arbre que sur la mort d'un proche.

— Comment peux-tu oser dire cela ? Crachons sur les morts tant que tu y es !

— Arrête ! Je ne voulais pas te mettre en colère, mais il nous a appris à ne pas pleurer, tu ne te rappelles pas ?

— Oui, mais d'ici à être insensible, tu exagères.

Lodewijk était pensif.

— Tu sais de quoi il est mort ? reprit-il.

— Non. Je crois que personne ne le sait. Le jeudi, après l'enterrement, les van der Spyck ont offert le repas chez eux. J'y suis allé, et sur le chemin du retour j'ai pris le mari par la manche. Je l'ai fait parler. Bizarre ce qu'il m'a dit. Il était étonné du décès. Les derniers jours Bento lui paraissait plutôt bien. Il avait pris un coup de froid, mais il toussait un peu moins, il était un peu moins pâle. Pour lui, il est mort prématurément.

— Rien d'autre ? s'exclama Meyer.

— Non pas vraiment, il était encore sous le choc. Il a juste ajouté que Schuller, ce sans-gêne, était beaucoup venu les derniers jours. Il était encore là dimanche dernier, c'est d'ailleurs lui qui a annoncé la mort de Bento.

— Et les écrits de Bento, tu sais où ils sont ?

— L'*Éthique* ?

— Oui. Et le reste.

— Van der Spyck m'a dit qu'il les avait expédiés le soir même chez Rieuwertsz à Amsterdam, instruction de Bento « au cas où ».

Lodewijk Meyer fait partie de la cohorte de ceux que l'histoire a bâillonnés et qui, en leur temps, avaient connu la renommée. Son grand livre, *La Philosophie interprète de l'Écriture sainte*, avait paru en 1666. Il voulait soumettre la Bible à la raison seule et devenir, pour la postérité, le Descartes de la religion. Son raisonnement était simple : rien ne peut sortir du néant, donc il n'y a jamais eu rien puis quelque chose, le monde n'a donc pas été créé, il est donc éternel. Un scandale !

Bento, qui en avait fait éclater un second avec son *Traité théologico-politique* en 1670, était son frère d'armes. Tous deux étaient confondus ensemble dans la croisade qu'ils menaient contre la superstition. En 1674, une édition avait même réuni les deux textes en un seul volume. Puis, avec le *Léviathan* de Hobbes, ils avaient été mis à l'index par l'Église.

À Meyer, les autorités religieuses ne pardonnaient pas que, luthérien fréquentant le temple dans sa jeunesse, il fût devenu apostat et impie. Calvinistes et luthériens s'étaient juré de le salir, lui et sa mémoire, en toutes occasions, quitte à mentir et à trahir la vérité. Dès qu'un pasteur luthérien trouvait une occasion de le vilipender, il ne s'en privait pas. Or, Colerus, le biographe de Spinoza, en était... Meyer se moquait de ces inimitiés. Flamboyant et dispendieux, il n'avait pas besoin de gagner sa vie. La nature avait fort bien doté son intelligence et lui avait donné des ailes pour rayonner dans le monde des idées. Il avait touché à toutes les disciplines que la nouvelle science avait ouvertes comme des tranchées dans la chair du monde. Il ne se voyait cependant pas finir ses jours en philosophe, en médecin, ou en professeur. Il avait besoin de la compagnie humaine autant que de celle des livres. Extraverti, il était toujours là pour le bon mot et les bravades, et figurait en première position pour le chahut. Il s'était marié mais continuait à fréquenter d'autres femmes. On ne comptait plus ses écarts à la morale.

C'est avec le théâtre qu'il avait trouvé sa voie. Amant des femmes et amoureux des mots, il rêvait de spectacle. En créant sa propre troupe, sa petite société littéraire, *Nil volentibus arduum* – « à cœur vaillant rien d'impossible » –, il voulait faire découvrir l'art dramatique à tous, d'abord Corneille et le grand théâtre français. Débordant d'une énergie vitale peu commune, il croyait beaucoup en lui. Intrépide, prodigue, attirant, il aimait se mettre au centre de tout. Il estimait que rien ne lui était inaccessible. Ou presque. Il était privé de ce dont son ami Bento était, lui, au plus haut point pourvu : de sagesse. Il s'inclinait toujours devant lui.

Lodewijk Meyer, impatient comme à son habitude, ne tenait plus en place.

— Jarig, j'ai chaud, il y a trop de monde ici. Trop de fumée et pas assez de lumière, cela devient lugubre, ça commence à puer. Sortons.

— Oui, allons marcher.

— Suis-moi, fit Lodewijk en esquissant un sourire de complicité.

Si Lodewijk Meyer avait été l'assassin de Spinoza comme le présumait Colerus, il cachait fort bien son jeu. Il avait repris l'ascendant sur son ami et saisit les rênes en main.

En sortant, ils débouchèrent sur un des nombreux bras d'eau qui irriguaient la ville. Elle était née telle une digue posée sur le fleuve Amstel. *Amstelredam*, « digue sur l'Amstel », avait été son nom avant que l'usage ne le simplifie. Puis la main humaine avait démultiplié l'eau en la faisant circuler à travers une profusion de canaux qui rendaient la vie très agréable.

La pluie avait cessé. L'air était d'une humidité pesante, le soleil rasait l'horizon, le brouillard nocturne commençait à former des nappes opaques, la vie coulait lentement dans les veines du temps. Trouant le clair-obscur, Meyer et Jellesz marchaient avec prudence. La maison d'édition de Jan Rieuwertsz n'était pas située loin du Labyrinthe français où ils s'étaient retrouvés. Relieur, imprimeur, libraire, et mennonite, il avait rejoint, il y a longtemps, le cercle des amis de Spinoza, publié les livres de ses membres ainsi que ceux de Descartes, et d'autres de la nouvelle philosophie. Son talent était si grand qu'il avait été nommé imprimeur officiel de la ville d'Amsterdam. Il prenait garde à ce que les livres qu'il publiait ne le couvrent de l'opprobre public et ne le conduisent à la ruine. Meyer frappa à sa porte. Rieuwertsz reconnut tout de suite les deux amis qu'il n'avait pas vus depuis trois ans. Il les accueillit avec une grande joie, en levant les bras. Il commença à esquisser un large sourire, mais son visage se rembrunit aussitôt.

— Quel drame mes amis, oui quel drame.

— Oh, ça va...

Jellesz interrompit immédiatement Meyer :

— Qui te l'a dit ?

— Un de mes auteurs, qui l'a entendu à une réunion du consistoire calviniste. Spinoza m'avait écrit il y a peu de temps, il n'était en rien alarmant sur son état. C'est la maladie qui l'a emporté ?

— Aucune idée. Tout ceci est irréel. Je suis... abattu, fit Jellesz.

— Heureusement nous pouvons relire l'*Éthique* ! Tu peux nous la montrer ? demanda Meyer obnubilé par le livre.

Spinoza avait renoncé à publier l'*Éthique* quand, en 1675, il y avait mis la dernière main. Les théologiens s'étaient partout coalisés pour interdire ce livre « odieux », dont la première partie était consacrée à Dieu, mais un Dieu qui n'avait de commun avec le leur que le nom. À leurs yeux, Spinoza était l'incarnation de l'Antéchrist.

Il l'avait commencée en 1662, s'était interrompu en 1665 pour écrire le *Traité théologico-politique*, tant il lui était apparu nécessaire de remettre à leur place les autorités religieuses, ces grandes manipulatrices, et de démontrer que liberté de philosopher, piété véritable et paix civile n'étaient jamais ennemies, bien au contraire. Après une parenthèse de cinq ans, il s'était remis au maître-ouvrage, à « sa philosophie » comme il appelait l'*Éthique*. Il en discutait régulièrement avec ses amis. Des extraits circulaient déjà. Quand il était arrivé au début de l'année 1675 chez Rieuwertsz pour la publier, ils en avaient longuement débattu et étaient convenus que le moment n'était pas propice, ni pour l'un ni pour l'autre. La vague des opposants grondait avec trop de fureur. Il fallait différer.

— Peux-tu nous la montrer ? répéta Meyer, constatant que Rieuwertsz n'avait pas réagi à la question.

Le visage de Rieuwertsz se renfrogna tant il la considérait comme saugrenue.

— Mais je ne l'ai pas. Spinoza l'a reprise avec lui quand nous avions décidé ensemble de ne pas la publier.

Jellesz le regarda, pétrifié.

— Van der Spyck m'a dit jeudi dernier qu'il t'avait envoyé par bateau tous ses écrits.

— Je n'ai rien reçu, rétorqua l'éditeur, livide.

L'*Éthique* aurait été perdue ? Comment était-ce possible ? Le pupitre contenant les manuscrits avait-il été égaré pendant le voyage ? Jeté ? Vendu par le batelier qui faisait le trajet entre La Haye et Amsterdam ? Devant la catastrophe, Jellesz pleurait. Meyer regardait fixement une rangée de livres sur le mur dont il ne détournait pas les yeux. Nerveux, Rieuwertsz faisait les cent pas dans son atelier.

Pour Jellesz, perdre l'*Éthique*, c'était comme avoir perdu la Bible ; pour Meyer, c'était croupir dans les eaux marécageuses de l'ignorance ; pour Rieuwertsz, c'était condamner l'humanité à l'obscurité et au malheur. C'était trahir l'ambition suprême de leur ami qui avait écrit cette œuvre maîtresse afin que chacun puisse devenir le plus possible cause de lui-même. Ce chemin était ardu et rocailleux ; il avait consacré son existence à en décrire les étapes. Vivre heureux ne s'improvise pas mais se construit pas à pas. Spinoza l'avait expérimenté sur lui-même en ingénieur du bonheur et de la liberté véritable. Son mode d'emploi pour desserrer le piège des passions qui nous affectent et nous tiennent du dehors tenait en quelques articles. D'abord, être capable de bien les discerner, en premier lieu celles qui sont des passions tristes, dangereuses et adhérentes, et qui couvrent toutes les formes de la haine : jalousie, vengeance, ressentiment, mépris, colère... Dès lors, par exemple, que l'on comprend qu'on est en train de se venger et qu'on l'admet, la vengeance tenaille moins. Dès que l'on peut se dire à part soi : « Tiens, je me venge », alors, l'impulsion mauvaise exerce moins d'emprise sur nous. Reconnaître ensuite que tout ce qui survient se produit nécessairement, que celui qui nous fait du tort et que nous nous apprêtons à haïr n'est pas responsable du dommage qu'il nous cause. Pas plus que nous, il n'est libre. Considérer qu'il a été entièrement déterminé à nous faire du mal sous la pression de causes extérieures à lui.

Pourquoi le haïr alors ? Nous haïssons parfois le meuble contre lequel nous nous cognons le pied, mais nous savons que ce n'est pas raisonnable. Il en va de même dans les relations entre les humains. Se demander aussi si nous ne sommes pas partie prenante du tort que l'on nous fait. C'est plus souvent le cas qu'on ne le pense. En prendre conscience amorce la décomposition de la haine, et apaise. Enfin, revivre, par la mémoire, tous les moments où nous avons répondu à l'offense par l'offense, et analyser si cela nous a apporté quelque chose d'utile à la construction de nous-mêmes ou nous en a plutôt éloigné. Sans toutefois verser dans l'excès inverse et vivre reclus. Au contraire Spinoza recommande de se plonger dans le grand bain du monde et des rencontres, d'observer comment tout est causé, de mettre son corps au défi d'éprouver et de découvrir ses capacités, pour connaître ce qui nous est utile ou nuisible, sentir ce que notre nature est de toute éternité, et commencer à devenir cause de soi.

Alors, quand on est sur le bord de la tombe et que l'on se retourne, on ne regrette pas, on a gravi le plus beau des sommets, celui du « connais-toi toi-même ». On est étranger à l'amertume et à la mélancolie. On peut s'endormir dans la paix de l'âme et la sérénité du cœur. Inutile d'agiter des mouchoirs humides. On peut fermer les yeux… On est allé au bout du mode d'emploi qu'est l'*Éthique*. Voilà ce que Spinoza leur avait appris et qu'ils étaient désespérés que la postérité ne puisse plus connaître, et qui tenait en une exhortation lucide : ce que nous aurons de meilleur, c'est notre crépuscule.

Meyer, Jellesz, Rieuwertsz se remémoraient tout cela. Ils estimaient avoir accompli ce grand voyage vers le bonheur. Mais l'*Éthique* disparue, que transmettre aux générations futures ? Comment celles-ci pourraient-elles un jour sortir de la haine et de la guerre ? Abasourdis, ils envisagèrent des pistes, dressèrent des hypothèses, mais rien d'évident ne leur venait à l'esprit. Van der Spyck mentait-il ? Ce n'était pas son genre, l'homme était tout d'une pièce.

Meyer et Jellesz sortirent après avoir pris congé de Rieuwertsz. Ils n'avaient pas le courage de parler, chacun était perdu dans ses pensées et ne voyait aucune chose alentour. En leur for intérieur, les questions se succédaient : Où sont les écrits ? Sont-ils définitivement perdus ? Et Bento, pourquoi est-il mort si vite ? Et s'il avait été tué ? Qui aurait pu faire cela ?

En ruminant des réponses à ces questions, ils s'étaient rapprochés du quartier juif. C'était là que pendant plus de vingt ans avait habité leur ami, dans une de ces petites maisons très propres donnant sur l'un des quais, pas très haute mais arrangée avec beaucoup de dignité et d'où l'on entendait tout le temps le bruit de l'eau. En revenant là où l'histoire avait commencé, ils effectuaient, les yeux mi-clos, un pèlerinage qu'ils n'avaient bizarrement jamais fait, tant Bento le leur avait déconseillé. Poussés par une hypothèse qui finalement était la plus naturelle de toutes : qui d'autres que les Juifs auraient pu s'en prendre à Spinoza ?

Ils arrivèrent devant la grande synagogue portugaise, reconstruite et inaugurée en grande pompe deux ans auparavant, en 1675. Elle était le symbole de la réussite de la communauté, de sa croissance et de l'intégration de ses membres dans la vie de la cité. Située sur le quai du Deventer Houtmarkt, sur le canal même, elle se trouvait à quelques centaines de mètres de la maison où avait grandi Spinoza et de celle de Rembrandt, située dans la Jodenbreestraat, la grande rue du quartier juif. C'était leur maison à tous, fière, imposante. Les Juifs avaient été autorisés à avoir des lieux de culte visibles de l'extérieur, indulgence qui n'avait pas été accordée à l'Église catholique. Une façon de leur reconnaître le droit d'exister, de leur dire qu'ils n'étaient plus ces parias convertis de force, obligés de pratiquer leur culte en secret, à l'abri des regards. Au-dessus de la porte figurait une citation du cinquième psaume : « Mais moi, grâce à Ton immense bonté, j'entre dans Ta maison. »

Un frisson les parcourut. Bento Spinoza avait haï et méprisé ses anciens frères, même s'il avait fini par éteindre le feu de cette haine venimeuse. Même apaisé, il n'avait pas été très juste avec eux. Il voulait qu'ils disparaissent, qu'ils se fondent dans la population, qu'ils renoncent à leurs rites et à leurs coutumes, à l'idée qu'ils puissent encore être un peuple à part avec un avenir. Jellesz et Meyer n'étaient jamais entrés dans la synagogue. Ils poussèrent la porte. La synagogue était vide. Dieu l'avait-Il désertée ? Meyer, moqueur et méprisant, ricana. Il se faisait tard. Quelques grands candélabres encore allumés distillaient faiblement la lumière. Leurs pas s'amortissaient sur le sable qui recouvrait le sol pour absorber l'humidité, la poussière et le bruit. Tout était organisé autour du centre de ce grand rectangle haut de vingt mètres. Deux grandes rangées de bancs noirs se faisaient face et encadraient une grande estrade surélevée avec, au centre, un pupitre, sur lequel traînait encore un châle de prière. Comme c'était leur tradition, les Juifs lisaient et écoutaient chaque semaine le commentaire d'une section du Pentateuque, de la Torah comme ils l'appelaient. Tout dépendait alors du rabbin : voulait-il juste intimider, faire peur, menacer les fidèles de grandes peines et de grands dangers à venir s'ils fléchissaient dans l'observation de la Loi ? Ou voulait-il les élever et leur permettre d'imiter les valeureux exemples du passé pour s'attacher à devenir plus justes, plus unis, plus charitables ? C'était selon. Considérant les feuillets qui traînaient encore au sol et sur lesquels était imprimée la traduction en espagnol et en néerlandais du passage extrait de la Bible, ils comprirent que personne ne maîtrisait l'hébreu. Jellesz en ramassa un. C'était un passage tiré du chapitre 35 de l'Exode. Moïse intimait aux Hébreux qui erraient dans le désert de respecter de manière absolue le repos hebdomadaire du chabbat et de se rassembler pour construire le tabernacle. Les Juifs n'avaient pas abandonné leur rêve de reconstruire le Temple à Jérusalem et de s'y retrouver un jour, pensa Jellesz.

Ils firent le tour, rasant les murs, regardant la décoration épurée qui se composait de quelques versets en lettres d'or, d'une étoile de David, de deux immenses chandeliers à sept branches, de verres à vin, et de livres. Des livres, des livres, un océan de livres en hébreu, et qu'ils ne comprenaient pas. Sur le mur du fond était traduit un des versets de la Bible : « Tu aimeras ton prochain comme toi-même, Lévitique, chapitre 19. » Tous deux ignoraient qu'il se trouvait dans la Bible des Juifs, ils croyaient que c'était une particularité des chrétiens que d'aimer le genre humain. Plusieurs années auparavant, ils avaient demandé à Spinoza d'écrire une grammaire de la langue hébraïque qui leur aurait été bien utile. Ils ne savaient pas où en était ce projet. Tout leur apparaissait irréel.

Jellesz interrompit leurs rêveries. Il tira Meyer par la manche et lui indiqua du regard la porte. L'heure était venue de regagner leurs pénates. La place était sombre et déserte, le vent balayait les quelques feuilles qui se trouvaient encore là, moribondes. Un mendiant se tenait à l'extrémité gauche. Ils n'y prêtèrent pas attention. Dehors, s'étant retournés et faisant face au bâtiment dont n'émergeait plus que la frise éclairée, Jellesz interrogea Meyer :

— Tu crois qu'ils auraient pu l'assassiner et faire disparaître ses œuvres ? dit-il en regardant la synagogue.

— Évidemment. Ne sois pas naïf, souviens-toi de l'attaque au couteau.

— Pour moi, c'était un fou solitaire. Un malade qui avait agi seul.

— Ah bon ? Admettons que ce soit vrai. En quoi cela exonère-t-il les Juifs, les autorités de la synagogue, je veux dire ? Dis-toi bien que ces religions sont folles. Elles prêchent l'amour et sont prêtes à exécuter quiconque leur désobéit. Oui, les Juifs ont pu l'assassiner. Une réunion des dirigeants de la synagogue mécontents que Spinoza continue à semer le trouble, et c'est fait ! C'est délirant, mais c'est ainsi. Je vais te dire, ils se sont même peut-être mis d'accord avec les calvinistes.

C'est alors que le mendiant, qui avait entendu la fin de leur discussion, cheveux gris hirsutes, guenilles ramassées, se précipita sur eux, le bras levé, la main brandissant un couteau, et se mit à hurler :

— Moi je l'ai tué, ce chien. Je l'ai tué, il y a longtemps, je l'ai tué hier, je l'ai tué aujourd'hui. Je le tuerai demain.

Lodewijk Meyer eut tout juste le réflexe de parer le coup. Il s'enfuit aussi vite qu'il put avec son ami. À peine avaient-ils repris leur souffle que Jellesz, soudain calme, pensif, conclut :

— Ils l'ont fait assassiner, c'est ça ?

III.

De kabbale en cabale

À Amsterdam, la nouvelle de la mort de l'impie réchauffa le cœur d'Abraham Pereyra, la grande figure de la « nation portugaise ». Enfin ! se surprit-il à marmonner. Puis il se reprit et récita la sentence d'usage : *Dieu donne, Dieu reprend, que le nom de l'Éternel soit béni.*

Abraham Pereyra s'était fixé comme but, au cours de sa vie si dense, de coopérer en tout avec le Seigneur. Il voulait en être le bras armé et s'en prenait avec énergie à tous les sacrilèges, du plus petit au plus grand. Ce dernier avait un nom, plein d'épines, s'en approcher entaillait la peau et faisait couler le sang : Bento Spinoza. Il avait jaugé l'ennemi ; c'était le diable en personne. Bento Spinoza s'en était pris à l'œuvre de Dieu, à Israël, son enfant chéri. Pereyra le moquait, le méprisait et le vitupérait.

Pereyra avait eu vent de son existence par les rabbins de la communauté, qui avaient dit le plus grand bien du jeune homme. De quinze ans son aîné, il l'avait croisé et rapidement toisé, tant son jeune coreligionnaire ne lui avait pas manifesté la déférence qui convenait à leur différence d'âge. Spinoza lui était apparu fourbe, hautain et dangereux ; ses amitiés avec les quelques déviants de la communauté étaient autant de signes prémonitoires du désastre à venir. Aussi, il prit la résolution de démontrer aux rabbins que l'intelligence pouvait être le pire des maux. Il fallait lui nuire. Non qu'il fût jaloux de celle du garçon – pas plus que le bon Dieu n'est jaloux du diable.

De ce combat funeste, Pereyra était le seul à avoir l'envergure et les moyens. Il était l'un des principaux dirigeants de la « nation portugaise », en était régulièrement l'un de ses administrateurs, ces *parnassim* selon le terme hébraïque en usage, et l'un de ses principaux bailleurs de fonds. Il devait cette exceptionnelle position à son abondante richesse, résultat d'une grande perspicacité et d'une témérité en affaires peu commune. Elle lui permettait d'être respecté, d'assumer sans hésiter ses responsabilités et, lorsqu'il n'était plus aux commandes, d'influencer. Sa politique était celle de la règle d'or : qui a l'or fait la règle. Il décidait, se multipliait, transformait et broyait quand il le fallait. Sans aucun doute, le succès de ses affaires ne devait rien au hasard.

Il avait émigré de Madrid à Amsterdam en 1643. Lui et sa famille, alors affublés du nom de Rodriguez, avaient quitté l'Espagne. Avec les lois sur la pureté du sang, l'infâme *limpieza di sangre*, il était devenu impossible à ces Juifs qui s'étaient convertis au christianisme de s'imaginer être un jour les égaux des chrétiens de longue date. Tôt ou tard, l'Inquisition les débusquerait tous, même ceux qui avaient oublié tout rudiment de judaïsme, car ils avaient contre eux la marque indélébile de leur généalogie. Mauvaise herbe toujours repousse. Ce qui avait été oublié pouvait toujours être réappris par de plus jeunes, car le silence se transmet mieux que toute parole. Voilà quelle était l'opinion de l'Inquisition. Elle était encouragée par la noblesse qui ne voyait pas d'un bon œil de partager avec eux la richesse qui commençait à se tarir. Pour les Rodriguez, lucides et visionnaires, il valait mieux assumer publiquement, ne plus se cacher, et partir.

À Amsterdam, Abraham avait repris le nom ancestral et commencé par respirer à pleins poumons l'air de la liberté. Tout étourdi de cette nouvelle drogue, il avait rejeté le judaïsme et, plongé dans les livres qui circulaient à profusion, s'était mêlé de nouvelle philosophie. Quand il rentrait dans la synagogue, le peu de savoir qu'il avait conservé ne lui servait même plus de béquille. Il se rendait compte de ce néant de connaissances qu'il ânonnait bêtement. Il ne comprenait rien à l'hébreu, rien aux prières, rien aux sermons, quand bien même les rabbins les prononçaient en portugais.

Mais il aimait les livres, et il voulait apprendre. Il demanda à l'un des trois rabbins de la communauté, celui qui lui paraissait le plus excentrique, Menasseh ben Israel, de bien vouloir lui apprendre les rudiments, tant il avait le pressentiment que se jouait là quelque chose d'important pour sa vie. S'il devait quitter le judaïsme, autant que ce fût en connaissance de cause. Abraham Pereyra était un esprit rationnel, il reprochait et reprocherait toujours à ses coreligionnaires de ne pas se donner les moyens de juger en toute lucidité. Il exhortait ceux qui envisageaient d'abjurer par des propos tranchants : « Quittez, mais après avoir été instruits et non en couards, en imbéciles ou en veules. » Il avait été conquis par les enseignements reçus. Sûr du résultat pour avoir parcouru cette route lui-même, il ne pouvait imaginer qu'il y en eût une autre. Dès qu'on engageait un pied sur cette avenue de l'étude, on aboutissait à un palais ; confondu et happé par sa richesse, on voulait en découvrir toutes les pièces et en humer toutes les fragrances. Quelle erreur d'avoir joué le jeu de la catholique Espagne !

Lui qui l'avait fait ne pardonnait plus à ces Juifs qui pensaient pouvoir ruser avec le Saint-Office de l'Inquisition et s'imaginaient bons chrétiens au-dehors et bons Juifs au-dedans. Des chrétiens sans le vouloir, des Juifs sans le savoir : comme lui, leurs connaissances s'étaient amenuisées au fil des ans et ne résistaient pas à l'épreuve de la transmission. Il ne leur subsistait plus, unique et dérisoire viatique dans cette existence angoissée, que quelques rites vides de sens, l'abstention du porc quand c'était possible, et quelques fêtes à peine célébrées, surtout Pâques, fête de leur libération nationale. On les appelait avec mépris des marranes, de l'espagnol *marrano*, porc. Puisqu'ils n'en mangeaient pas, ils trahissaient donc leurs engagements de nouveaux chrétiens, ils n'en étaient donc pas ! Ils psalmodiaient quelques prières le jour du chabbat, quelques versets qui avaient échappé à l'érosion du temps et sonnaient à leurs oreilles comme des formules magiques. Voilà ce qui restait de l'antique dignité des perpétuels suspects dont l'Inquisition et ses mouchards guettaient le moindre faux pas. Ils avaient beau se mettre à genoux et communier au messie Jésus, réciter trois *ave* et deux *pater*, la foi ne leur était souvent pas venue.

L'esprit des marranes était agité en tous sens de conflits insoutenables. Devant vivre deux religions en même temps, les uns comparaient les mérites respectifs de l'une et de l'autre, se mettaient à douter que Dieu pût être servi aussi différemment, en déduisaient que les hommes avaient trahi Dieu, en rendaient responsables les clergés qui marchaient comme des marionnettes au bras du pouvoir. Ils aboutissaient à la conclusion qu'il n'y avait qu'un Dieu, mais qu'il fallait urgemment se passer de religion. D'autres, considérant qu'il n'y avait rien à comprendre, rien à attendre de la folie humaine, faisaient le choix de prendre de la hauteur, s'éloignaient du commerce des humains, et se réfugiaient dans les transes de la mystique, chrétienne ou juive, mais plus souvent chrétienne, comme Jean de la Croix ou Thérèse d'Avila. Tous marchaient cois et inquiets dans cette prison à ciel ouvert qu'était l'Ibérie.

Aucun n'était insensible aux appels à fuir qui leur parvenaient : l'humiliation est à l'histoire ce que le cheval est à la calèche, son moteur. Abraham Pereyra clamait haut et fort à tous ceux qui avaient encore de la famille là-bas qu'ils devaient quitter cette terre hostile. Même les indigents l'écoutaient. Ces pauvres hères qui avaient fui dans des embarcations de fortune, cabotant le long des côtes atlantiques, s'aidant de la solidarité des communautés juives de Bayonne, de La Rochelle, de Bordeaux, de Nantes, puis cahotant à dos d'âne dans la pauvreté la plus extrême pour échouer sur les bords de l'Amstel, l'admiraient lui et ses discours enflammés à la synagogue. Le marranisme était une malédiction dont il fallait sortir coûte que coûte.

Abraham Pereyra impressionnait par une incontestable prestance que de riches vêtements rehaussaient. Une grande perruque couvrait ses épaules et tombait en volutes sur un manteau de dentelle noire, ourlé de motifs chantournés, et dont ne dépassait pour en relever le contraste qu'une collerette lactescente qui mettait en évidence la supériorité de son visage. Il habitait son vêtement en majesté, comme les rois leurs châteaux. Il se parfumait avec les essences les plus recherchées grâce à son réseau de fournisseurs dans les Amériques où s'étaient installés ses coreligionnaires. Faire partie de la grande société hollandaise lui tenait à cœur. Il en avait donc appris les habitudes et revêtu les attitudes. Il finançait des artistes, achetait leurs tableaux, possédait de beaux Rembrandt. Artiste lui-même, il jouait remarquablement de la harpe, et chantait tout aussi merveilleusement.

S'il était arrivé aisé à Amsterdam, Pereyra y était devenu richissime. Il avait commencé par le commerce de la laine de Castille, puis s'était porté sur le commerce de la soie. C'était une nouveauté à Amsterdam et aucune loi n'en empêchait l'exercice aux Juifs, à condition qu'ils s'en interdisent le commerce de détail réservé aux chrétiens. Les guildes, associations de marchands et d'artisans, s'alarmèrent de ces succès. Elles finirent par exclure les Juifs de cette industrie. Pereyra eut alors une idée de génie : le raffinage et le commerce du sucre. Grâce à son réseau d'intermédiaires, il put se fournir en canne au Brésil et dans les Antilles. Son entregent lui permit de négocier avec les magistrats de la ville et d'obtenir l'autorisation d'ouvrir sur les bords du fleuve une raffinerie. Ce fut le début de son immarcescible richesse. Gagner sa vie n'était plus son souci. Il avait dès lors tout son temps pour affûter ses armes et combattre le diable. Il se préparait à la lutte, tout en continuant à investir dans de nouveaux projets.

Les perspectives du tabac le séduisaient ; celles du livre le passionnaient. Il finança l'imprimerie du rabbin Menasseh ben Israel. Les magistrats avaient interdit à ce dernier d'ouvrir une librairie, il devint imprimeur de ses propres livres et de ceux d'autrui. Ami de tout ce que la ville comportait de savants et d'érudits, Menasseh ben Israel avait tissé dans toute l'Europe un réseau de connaissances qui le sollicitaient sur des points de langue ou de doctrine. Ainsi les protestants de Hollande, soucieux de dénicher dans la Bible l'autorisation qu'ils recherchaient pour faciliter le commerce, lui avaient demandé si le prêt à intérêt était licite. L'usure, non, avait-il tranché, car elle est morsure, elle nuit à l'amour envers tout être humain, principe fondateur du judaïsme. Puis, excipant de toute la tradition rabbinique, il avait rassuré ses interlocuteurs chrétiens : le placement à intérêt modique, lui, était conforme à la Loi. Le marché financier prit son essor.

Menasseh ben Israel était obnubilé par le salut des Juifs. Hanté par la résurrection des morts et la venue imminente du Messie, il exultait à l'idée que tous les justes seraient bientôt sauvés. Les différences entre les hommes ne pouvaient faire obstacle à la fraternité universelle qu'il espérait avec impatience. Pour ce rabbin tout imprégné de Bible, les Juifs devaient avoir été dispersés jusqu'à l'extrémité de la terre avant d'être rassemblés par l'Éternel sur la Terre promise. Un pays portait ce nom d'extrémité de la terre : c'était l'*Angle-terre*. Aussi s'était-il mis en tête de les y faire revenir, eux qui en avaient été chassés presque quatre siècles auparavant, pour que leur dispersion sur toute la planète fût considérée comme accomplie, et que s'enclenche le grand soir du salut. Il lui fallait convaincre Cromwell d'accepter leur retour. Intrépide, il alla à sa rencontre.

Le succès ne fut pas au rendez-vous. Mais son entêtement fit évoluer les mœurs. Les Juifs finirent par revenir un peu plus tard en Angleterre, y avoir leurs cimetières et y pratiquer leur culte. Menasseh ben Israel préparait ses ouailles à la fin des temps avec détermination et engagement. S'il s'éteignit trop tôt pour voir le Messie tant attendu, il fut pleuré comme un grand esprit et un grand cœur. Pour autant, le Mahamad, le conseil d'administration de la synagogue, s'en était, à la longue, détaché. Ce rabbin, chaleureux, bohème, mystique, érudit, était incontrôlable et irascible. Il lui était arrivé d'insulter un fidèle en pleine chaire. Le Mahamad l'avait même sanctionné d'un *herem* pour un jour. Il était tellement incoercible que les administrateurs, les *parnassim*, refusaient de le payer à la hauteur de sa tâche et s'en méfiaient quelque peu, contrairement aux deux autres rabbins de la communauté, Isaac Aboab le kabbaliste, et Saul Morteira, le véritable chef de la communauté, le Vénitien, le rationaliste, le talmudiste, l'homme de la plus pure des traditions. Ce dernier surtout avait la tâche ingrate de faire rentrer les brebis égarées de la maison d'Israël dans l'étable de la Loi.

Saul Morteira s'intéressait à toutes les œuvres de l'esprit humain, à la philosophie d'abord, et au premier chef à la philosophie Juive, qu'il enseignait avec passion aux meilleurs élèves, et au plus prometteur d'entre eux, Bento Spinoza. Trois Juifs, Maïmonide, Gersonide et Crescas, avaient consacré leur vie à examiner si le libre arbitre était compatible avec l'omniscience de Dieu. Crescas, effrayé, avait seul eu l'audace de répondre par la négative : Dieu était omniscient, et l'homme ne pouvait être libre. Spinoza en avait été profondément marqué.

Habile orateur, Morteira captivait l'assistance qu'il haranguait tous les samedis matin au cours de ses sermons. Il tranchait qu'on ne pouvait être dedans et dehors la communauté, qu'on n'était plus en Espagne et au Portugal, qu'il fallait connaître la Torah, la pratiquer, et étudier le Talmud. Contrairement à ses deux autres collègues, il n'était pas d'origine marrane. Tout entier tourné vers l'avenir, il ne compatissait pas aux souffrances passées de sa communauté. Ses employeurs louaient sa fiabilité et le payaient mieux que ses deux confrères, et de loin, à leur grand dam. Le conseil d'administration de la synagogue voulait reconstruire la communauté. Il avait la chance de s'appuyer sur ce roc. Autant Aboab était éthéré, mystique, versé dans la Kabbale, autant Menasseh ben Israel était attiré par les conversations avec les grands esprits de son temps, autant Morteira était un remarquable homme d'action. Véritable bâtisseur, son énergie et son sens politique lui avaient permis de réunifier les trois synagogues qui avaient succédé au lieu de culte des origines. Il connaissait ce travers des Juifs : dès que deux d'entre eux se retrouvent sur une terre vierge, chacun s'enorgueillit d'édifier sa synagogue, et ensemble ils finissent par bâtir celle dans laquelle aucun d'entre eux n'ira. Dans sa lourde tâche, Morteira croyait avoir trouvé un allié, peut-être même un successeur, avec Bento Spinoza. Il lui avait tout appris, et fondait tant d'espoirs sur ce brillant esprit. Il avait imaginé que son élève dépasserait Maïmonide et tous les autres, qu'il deviendrait le phare du judaïsme.

Morteira dut en rabattre. Il finit par admettre que son élève était un traître. Il avait essayé de le raisonner, de lui faire abandonner ses idées blasphématoires sur la mortalité de l'âme, sur l'origine humaine de la Torah, sur Dieu qui ne jugeait pas, se demandant par ailleurs qui avait pu les lui instiller. L'amitié qu'il avait nouée avec son père et son oncle l'autorisait à lui parler avec tendresse, il avait cru qu'il pourrait le raisonner. Son père, *parnass* de la synagogue, en 1649-1650, avait envers lui une telle confiance qu'il lui avait recommandé son fils en mourant. Pour quel piètre résultat ! constatait Morteira désabusé.

Honteux de son protégé comme de lui-même, il avait bien dû se rendre à l'évidence quand trois de ses autres élèves avaient piégé Spinoza en lui faisant avouer ses opinions obscènes. Leur témoignage était implacable : le petit Bento était devenu un hérétique. Il fallait se résoudre à exclure le meilleur d'entre eux, celui qui s'était retourné contre la « nation portugaise » tout entière. La promesse du renouveau et de la gloire de la communauté avait été trahie et, dans sa peine, une question le taraudait. Ne fallait-il pas lui laisser encore une chance de s'amender pour l'amener à résipiscence ?

Abraham Pereyra n'avait aucun de ces scrupules. Il trouvait ces rabbins beaucoup trop tendres. Drapé dans la toge de l'intransigeance, il couvrait d'injures tous ces Juifs qui ne se repentaient pas de leurs existences fautives et dorées au soleil d'Espagne ou du Portugal. Il blâmait leur mollesse et leur peu de hardiesse à faire amende honorable, fulminait comme un imprécateur sans chercher le compromis. Très tôt, il avait vu clair dans le jeu de Spinoza, clamait-il. Le premier, il avait souhaité son exclusion de la communauté, même s'il n'en était pas cette année-là l'un des responsables. Il avait déjà jaugé sa vanité et savait que jamais il ne se repentirait. Le *herem* ne suffirait sans doute pas. Spinoza, de son côté, ne supportait pas sa manie obsessionnelle de se croire le grand interprète de l'Éternel. Un choc se profilait irrésistiblement. Pereyra recommandait de ne pas perdre de temps pour lui régler son compte. Il avait appris par son réseau d'informateurs qu'à peine un an après son expulsion de la synagogue, en 1657, ce satané quaker de William Caton avait demandé à Spinoza de traduire du néerlandais à l'hébreu une brochure qui appelait de façon fort pressante les Juifs à se convertir. Désolation de l'abomination !

Des enfants, ces rabbins ; des naïfs, ces *parnassim* qui ne pouvaient imaginer la noirceur de l'âme humaine. Pereyra lui-même était devenu *parnass* en 1657. Il avait agi avec la violence de l'éclair et s'en était pris à un autre hérétique de la communauté, Juan de Prado, qui professait des idées identiques à celle de Bento Spinoza : pas d'immortalité de l'âme, pas d'origine divine de la Torah, un Dieu qui n'existait que philosophiquement. Pour cet hérétique, un *herem* était nécessaire. La dureté, l'intransigeance pavaient seules le chemin du bâtisseur. « Soyez durs, très durs, sinon vous ne construirez rien », apostrophait-il les administrateurs. En 1640, ses prédécesseurs n'avaient pas hésité à être fermes, leur rappelait-il : ils avaient condamné Uriel da Costa au supplice.

Pereyra n'attendait rien des repentis, ces manœuvriers délétères qui aspiraient à vivre aux crochets de la communauté sans jamais renoncer à leurs opinions hérétiques. Par-dessus tout, la profanation de l'immortalité de l'âme l'enflammait de colère. Si l'âme n'était pas immortelle, alors il n'y aurait plus de châtiments après la mort – et donc plus de châtiments avant pour les supprimer. Les rabbins et la Torah ne serviraient plus à rien. Tout s'effondrerait. Juan de Prado, cet hérétique proche de Spinoza dont il avait instruit l'affaire, avait fait mine de se repentir. Pereyra n'avait pas cru un mot de ces sornettes. Banni, Prado avait pris le chemin de l'exil vers Anvers, restée sous domination espagnole et catholique, où il se fit baptiser et demanda à l'Inquisition de le réadmettre parmi les chrétiens. Et d'autres Juifs, d'Amsterdam ou d'ailleurs, n'hésitaient plus à quémander leur réintégration dans l'Église...

Révolté par ces attitudes ignominieuses, Pereyra versait dans la paranoïa. Il prenait des allures de grand inquisiteur. Le monde était une vallée de larmes, il n'y avait à espérer que de l'outre-monde. Faire pénitence, étudier, pratiquer la Loi, se bien conduire, faire l'aumône et la charité, constituait l'essentiel de son programme. Il s'offusquait de ce que ses coreligionnaires refusent de subvenir convenablement aux besoins des nécessiteux et qu'ils soient surpassés en charité par les chrétiens. Il détestait les entendre bavasser dans la synagogue, parler affaires et chiffons. Que croyaient ces Juifs ? Que Dieu ne les surveillait point, qu'il leur avait octroyé un sauf-conduit pour l'éternité ? Que, contaminés par l'odieux dogme calviniste de la prédestination des âmes, ils étaient voués au paradis ? Si les Juifs avaient été le peuple élu, la Bible n'aurait pas été écrite. Ils n'étaient qu'un peuple mis à l'écart par Dieu, un peuple témoin pour pratiquer une vie consacrée à la dignité humaine. Ce peuple à la nuque raide qui refusait d'obéir aux commandements, il fallait le châtier. La Bible gardait la mémoire de ces punitions pour qu'il s'en souvienne.

Ses Juifs, comme Pereyra le constatait, n'étaient pas à la hauteur. Il fallait les sanctionner pour les remettre sur le droit chemin et aplanir la voie du Messie. Car il n'avait aucun doute : le Messie que les Juifs attendaient avec toujours autant d'ardeur allait venir. Aussi, quand Sabbataï Zvi fit irruption sur la scène européenne, il sut que le temps était venu. C'était en 1666, l'année de la Bête selon l'Apocalypse. Sabbataï Zvi, Juif ottoman versé dans le Talmud, plongé du soir au matin dans le Zohar mystique, fut exclu de sa communauté de Smyrne. À Jérusalem où il dut fuir, il rencontra Nathan de Gaza qui devint son prophète. Celui-ci eut la révélation qu'il était le Messie tant espéré et s'acharna à le faire reconnaître par les autorités. Le rabbinat de Jérusalem l'exclut séance tenante. Sabbataï Zvi retourna à Smyrne où il prit le contrôle de la communauté et se proclama officiellement l'Oint du Seigneur, annonçant la Rédemption finale pour le 18 juin 1666. La nouvelle se répandit comme une traînée de poudre, car les communautés juives étaient reliées entre elles par des informateurs qui tissaient le premier réseau mondial du renseignement. Amsterdam, où vivait l'une des épouses du prétendu Messie, fut touchée de plein fouet par l'événement. Le mystique rabbin Aboab, qui dirigeait la communauté après la mort de Morteira, encouragea les fidèles au grand départ. Ceux-ci passaient nuit et jour à la synagogue, dansaient, entraient en transe. Inconscients, ils promenaient dans les rues les rouleaux de la Torah. Ils allaient au-devant des habitants et leur expliquaient leur bonne nouvelle : ils allaient pouvoir rentrer en Terre promise et revenir à Jérusalem. Abraham Pereyra avait vendu à la hâte sa maison de campagne et s'était mis en route pour aller vivre la Rédemption au Levant. Il y avait déjà fondé une yeshiva, une maison d'étude, à Hébron, où il était prêt à terminer sa vie.

Le vent de la folie tomba brutalement. En septembre de cette année 1666, Sabbataï fut arrêté à Constantinople par le sultan pour sédition, désordre et immoralité. Magnanime, celui-ci lui laissa le choix entre la mort et la conversion à l'islam. Notre homme choisit l'islam. Il prit le nom d'Aziz Mehmed Efendi. Le voyage avait commencé en épopée, il finit en pantalonnade. Les communautés étaient désespérées. Aux cris de joie avait succédé l'amertume des pleurs. Certains jugèrent alors que le Messie ne viendrait plus jamais. Plutôt que de se morfondre dans la détresse, ils prirent leur destin en main, quittèrent leurs communautés quand ils le purent, et s'engagèrent dans le siècle sans renoncer à leur culture et à leur identité. Ils devinrent un nouveau type d'hommes, celui du Juif laïc.

Spinoza n'avait pas cédé à cet élan messianique. Avec un mépris souverain, il avait assisté au désolant spectacle, heureux d'avoir été exclu, écœuré du délire de cette foule crédule et ignorante. Les rabbins et *parnassim* qui la manipulaient lui semblaient plus abjects encore. Assoiffés de pouvoir, ils entretenaient leurs ouailles dans la superstition des miracles et leur faisaient croire n'importe quelles supercheries. Ces communautés, pour la plupart misérables et accablées, feraient mieux de cesser de vivre entre elles et de rompre avec leur isolement, jugeait-il. On n'était plus au temps de Moïse et de son gouvernement, et chaque fois qu'un État juif s'était recréé, il n'était plus qu'une copie défaillante de l'original. Au premier siècle de l'Empire romain, la donne avait définitivement changé ; les Juifs avaient dû renoncer à leur indépendance et se fondre dans les nations. Mais l'inimitié tenace, le maintien inflexible de leurs coutumes, l'attachement irréfragable à la circoncision empêchaient l'assimilation de s'accomplir. Il y avait, pour Bento Spinoza, un problème juif, qui les corrompait de l'intérieur tout autant qu'il sapait les nations. Tant qu'il y aurait des Juifs, il y aurait de la haine, chez eux et envers eux. Il consacra alors des chapitres de son *Traité théologico-politique* à la liberté, la religion et la politique, à résoudre la question juive. Il trouva la solution. Elle tenait en un mot : l'Espagne.

Ce pays leur avait permis, une fois convertis, de vivre comme tous les autres sujets de la Couronne, d'être acceptés comme des hommes ordinaires et de ne plus connaître l'hostilité. L'abandon de leur tradition, était-ce vraiment un sacrifice important ? En aucune façon, leur assurait Spinoza. Le judaïsme n'avait plus de raison d'être depuis que les Juifs n'avaient plus d'État. Celui-là avait été conçu pour servir de fondement à celui-ci. Moïse l'avait pensé pour la grandeur, la paix et la sécurité publiques. L'État des Juifs détruit, il n'avait plus aucun sens. Le temps était venu de renoncer à la circoncision et aux autres rites. L'Espagne était le laboratoire enchanteur où le judaïsme pouvait enfin disparaître dans l'eau lustrale du baptême, et où les Juifs pouvaient resurgir purifiés dans l'immensité catholique. Voilà ce que professait son *Traité théologico-politique*. Un précis de décomposition. Un bréviaire de disparition. Un acte de décès volontaire auxquels les *parnassim* devaient adhérer et les rabbins souscrire.

Quand il eut fini de lire l'ouvrage, Abraham Pereyra était devenu fou de rage. Ce traité fabriqué en enfer sous la forge du diable, il l'avait lancé dans un grand fracas sur le sol, espérant qu'il s'abîmât et que, désarticulé, il ne fût plus reconnaissable. Ce livre était un torchon, un tissu de bêtises et de mensonges. Comme tous, Spinoza savait pertinemment que sa famille elle-même, et son propre ami, Juan de Prado, y avaient été traqués, maltraités, torturés, et certains conduits jusqu'au bûcher. L'Espagne n'accepterait jamais ces citoyens de seconde zone, méprisés, pourchassés, et soumis à la délation publique. Spinoza le savait fort bien. Perfide, il prenait soin d'envelopper sa haine dans le miel des beaux raisonnements. Pétri de vindicte, il se vengeait de ceux qui l'avaient exclu.

Tenaillé par la colère, Pereyra observait les pages éparpillées dans la pièce. L'une d'elles avait atterri sur une chaise. Il l'avait prise dans ses mains pour la déchirer et la jeter au feu, mais n'avait pu s'empêcher de la lire : « Dans cette république si florissante, dans cette ville si prestigieuse, tous les hommes vivent dans la concorde quelles que soient leur nation et leur secte. » Cela s'appliquait aussi aux Juifs, qui vivaient donc dans la concorde à Amsterdam. Ils n'étaient plus détestés et ne détestaient plus personne. Spinoza écrivait maintenant le contraire de ce qu'il s'était plu maintes fois à proclamer. Ce brûlot, le plus grand des blasphèmes que la terre ait portés, était décidément l'œuvre du diable. C'était une déclaration de guerre à Dieu. Et aux Juifs. Cet individu devait disparaître.

Par respect du protocole, Abraham Pereyra estimait que c'était aux *parnassim*, aux administrateurs de la communauté, d'assumer cette responsabilité. Pendant des années, il avait fait le siège du Mahamad, et soulevé le sujet pendant les séances du conseil, dont il était l'invité permanent, même s'il n'en était plus *parnass*. Sa stature impressionnait. Les *parnassim* se méfiaient de la radicalité de ses opinions, mais ils reconnaissaient qu'il avait pour lui la chose du monde la moins bien partagée : du jugement. Mal à l'aise devant la haine dont il poursuivait Spinoza, les *parnassim* estimaient que la communauté l'avait déjà exclu par une sentence de *herem* d'une violence inégalée. Ils l'avaient en quelque sorte déjà tué, d'un châtiment spirituel.

Pereyra n'était pas de cet avis. Certes on n'avait plus de nouvelles de la bête immonde depuis que la cour de Hollande avait interdit son *Traité théologico-politique* le 19 juillet 1674. Mais lui le suivait à la trace. Spinoza écrivait un nouvel ouvrage, qu'on disait s'appeler l'*Éthique*, où il démontrait que le Dieu des Juifs et des chrétiens n'existait pas, que le vrai Dieu n'était autre que la nature et son dynamisme vital. Sa vie était un outrage. Cette fois-ci, les *parnassim* prirent peur de ce qu'ils entendaient.

Bento Spinoza s'attaquait maintenant à la société qui les avait accueillis, leur avait permis de ne plus porter de signe distinctif, étoile, chapeau, couleur, et de ne plus vivre dans un ghetto. Il revenait toujours à leurs oreilles qu'au nom de Spinoza était encore accolé le qualificatif honteux de Juif athée, donc de Juif... Le dimanche 4 octobre 1676, après la fête de Simhat Torah où la communauté venait de célébrer la joie de la Torah et dansé avec ces rouleaux, le Mahamad, le conseil d'administration, s'était réuni. L'ordre du jour était, comme tous les dimanches, chargé : il était tenu de veiller à l'application des cinquante-six articles de la constitution dont la communauté s'était dotée en 1639.

Ils s'étaient retrouvés dans la grande synagogue, étincelante et majestueuse. La construction de ce bâtiment admiré dans toute la ville, que marchands et magistrats visitaient régulièrement, était une consécration pour la « nation portugaise ». Quand les Juifs s'étaient installés à Amsterdam dans les années 1590, ils avaient adopté comme emblème le phénix – renaître de leurs cendres, de la cendre des bûchers, leur tenait lieu de politique. Le Mahamad prenait soin de protéger l'image de la communauté et veillait constamment à ce que, dans la synagogue, aucun fidèle n'élève la voix contre son prochain, ne tire l'épée contre son voisin, ne se lève quand tous étaient assis, ou ne chante plus fort que le chantre. À l'extérieur de la synagogue, il chaperonnait les Juifs pour qu'ils se conduisent tout aussi dignement. Il s'y était engagé vis-à-vis de ces Messieurs de la Terre, comme il appelait les autorités de la ville, et interdisait que quiconque débatte de religion avec les non-Juifs, soit pour les convertir, soit pour offenser leurs croyances. Car il vénérait la liberté sacrée qui avait été octroyée aux Juifs, et voulait inculquer de gré ou de force la Loi à ceux qui ignoraient les devoirs qu'elle impliquait. Tout plutôt que d'attirer sur eux l'attention.

C'était l'heure du déjeuner. La pause était bien méritée après les deux heures de discussion moins mordantes que d'habitude. S'ils avaient évité d'aborder explicitement le cas Spinoza, certains avaient échangé sous la table quelques billets. Le président de séance, conscient de ce que l'attention était distraite, avait plus d'une fois demandé le retour de la concentration. Pereyra avait bien observé la scène ; il avait entendu les apartés. Il connaissait la peur qui se lisait dans leurs regards et leur espoir de différer la décision à prendre. Il jugea que c'était le moment d'intervenir, profitant du relâchement de la tension nerveuse de la matinée alors qu'ils venaient de terminer les hors-d'œuvre de *maatjes*, ces harengs gras marinés au vinaigre.

— Messieurs, interrompit-il de sa voix tonitruante, vous vous trompez. Vous n'avez rien à gagner à enfouir vos crânes dans le sable et à espérer que, par la grâce de Dieu, s'éteigne l'incendie que cet énergumène a allumé. Faites votre devoir. Soyez indifférents au jugement de l'avenir. Pour l'histoire, vous serez toujours d'affreux méchants. Cela n'a aucune importance. Soyez indifférents. Affrontez la réalité. Ne vous laissez pas déborder par elle. Faites ce que vous avez à faire pour le bien de ceux qui vous ont donné mandat. Vous êtes déjà condamnés par la postérité pour avoir exclu Spinoza il y a vingt ans. J'entends déjà les rumeurs du futur. Ah, les belles âmes… Ne craignez donc pas les critiques posthumes. De grâce, de grâce, ne soyez pas des pleutres. Allez au bout de ce qui est nécessaire. Faites-le disparaître. Le diable, il faut le combattre et l'éliminer.

Ce propos avait glacé l'atmosphère. Tous regardaient au fond de leur assiette, espérant une révélation subite. Comme personne ne voulait prendre la parole, au bout de deux interminables minutes, le plus âgé d'entre eux, blanchi sous le harnais, le vieux Moïse Lopez, prit la parole.

— Abraham, un Juif ne tue pas un Juif!

— Mais il n'est plus juif, rétorqua-t-il. C'est un malfrat. Un malfrat qui, parce qu'on le prend encore pour l'un des nôtres, nous fait un tort considérable. Il nous ruine. Il nous tue, gronda-t-il.

— Tu exagères. Nous avons fait le travail, il y a vingt ans, comme tu dis.

— À l'époque, le Mahamad avait pris la décision qu'il devait prendre. Mais depuis, la bête n'a pas cessé de distiller son fiel. Si l'on ne fait rien, cela retombera sur nos têtes. Les magistrats de la ville nous demanderont des comptes. Comment, vous avez enfanté un homme qui prétend que l'homme n'est rien, et Dieu pas plus ? Je les connais, je suis en affaires avec eux ; certains sont nos amis tant que nous assumons nos responsabilités. Sinon, gare à nous.

— Mais Abraham, l'interrompit le vieil homme, on ne peut rien faire sans en parler aux calvinistes et à la maison d'Orange. Il nous faut des alliés. Sinon nous serons victimes d'une cabale de nos opposants, nous en avons, tu le sais, et nous serons incriminés pour avoir tué et commis un acte infâme, car tout se saura.

— En Espagne, l'Inquisition n'avait pas ces scrupules. Nous devons punir ceux qui ne se repentent pas, rugit-il.

— Mais nous ne sommes plus en Espagne, Abraham, et nous ne voulons pas être une nouvelle Inquisition. Quelle horreur !

À cette plainte, tous relevèrent la tête. Le vieillard défendait leur honneur à tous. Pereyra sentit qu'il était allé trop loin et qu'il n'arriverait pas à les entraîner avec lui. Trop bien installés dans la cité, trop repus, ils n'avaient plus la verve et la diligence des années 1650 quand ils devaient encore faire leurs preuves. La solitude l'envahit. Il était décidé à régler cette affaire lui-même et à en partager les plans avec ses amis calvinistes. La suggestion de Moïse Lopez était judicieuse. Mais de ces *parnassim* il n'espérait définitivement plus rien. « Bon appétit, messieurs », lança-t-il à la cantonade, avant de claquer la porte derrière lui. À supposer qu'il leur fût encore possible de déglutir quelque nourriture.

IV.

L'orgueil de Satan

Un seul homme pouvait comprendre Pereyra et devenir son associé dans le crime : le vieux Gisbertius Voetius. Abraham l'avait plusieurs fois rencontré, lui, le « pape d'Utrecht », le maître du calvinisme des Provinces-Unies, tant il lui avait toujours tenu à cœur que les autorités, religieuses, politiques, civiles, aient une bonne opinion de la « nation portugaise » dont il se figurait être le perpétuel ambassadeur. Et l'avis de Voetius qui en influençait tant d'autres était capital. Le visage émacié, l'œil perçant, les lèvres effacées qu'il avait dû beaucoup pincer de rage, la sobriété de son vêtement, son absence totale de parfum, son peu d'appétit pour la bonne chair, son dégoût des plaisirs et du corps en faisaient un athlète de la foi. C'était à son hygiène de vie, à sa fièvre prédicatrice, à son impassibilité devant la peine d'autrui qu'il avait dû d'atteindre l'âge canonique de quatre-vingt-sept ans.

Prédicateur calviniste de la plus intransigeante des obédiences, professeur de théologie à l'université d'Utrecht, il avait participé à tous les grands événements qui avaient façonné la religion et la société dans les Provinces-Unies. Grand débatteur, il avait des convictions sur tout et, porte-parole de la vérité, il prenait part à toutes les polémiques. Mais imposer ses vues à tout prix et contraindre les pensées d'autrui supposait de la manigance et de la rouerie. Le vieux Voetius savait pouvoir compter sur le concours de ses anciens élèves dont il monnayait l'avancement ecclésiastique ou universitaire selon leurs services rendus. Pour Dieu, dont il était le fidèle serviteur, la tiédeur était une faute. Jésus n'avait-il pas dit qu'il était venu sur terre pour apporter non la paix mais le glaive ? N'avait-il pas planifié la conquête du monde par ses disciples ? Le glaive, Gisbertius Voetius l'avait repris à son tour entre ses mains. Il le maniait à merveille ; le pays en avait bien besoin.

Les mœurs s'étaient relâchées avec la progression du confort. Les Provinces-Unies s'étaient outrageusement enrichies avec la prospérité. La peste rôdait certes encore et pouvait à tout moment dévaster le pays. La guerre avec l'Angleterre ou la France reprenait par intermittence et menaçait de faire des ravages. Mais le peuple vivait beaucoup moins dans la crainte du lendemain. La mort desserrait son étau. On en venait à oublier la colère divine.

Dans cette course au bonheur, Utrecht, éloignée d'Amsterdam de quarante kilomètres, n'avait pas l'avantage. Sans accès à la mer, elle ne s'offrait pas au grand orgasme du déversement des marchandises. Elle n'avait pour elle que la gloire du passé. C'était là, dans la grande salle capitulaire de la cathédrale catholique, qu'en janvier 1579, des députés de la Hollande, de la Zélande, de la Gueldre et d'Utrecht s'étaient unis contre l'envahisseur espagnol, y avaient décrété la liberté de religion, et choisi le calvinisme. Contre l'Union d'Arras entre les États d'Artois, du Hainaut et la ville du même nom qui venaient de s'allier pour demeurer dans le giron de la monarchie espagnole, Utrecht la rebelle avait interdit le culte catholique. C'était une ville faite pour Voetius qui haïssait Rome. Admiré, reconnu, redouté, il comptait l'utiliser comme base arrière pour régner sur tout le pays.

Voetius avait combattu tous ceux qui déviaient des saints principes de ses maîtres Jean Calvin et Théodore de Bèze. Dieu, depuis toujours, avait prédestiné certains hommes au salut et d'autres à la damnation. Quoi qu'ils fassent. Quoi qu'ils pensent. Quel que soit le degré de leur foi. Les bonnes œuvres n'étaient d'aucun bénéfice ; ce qui avait été convenu au Ciel ne se négociait pas. Voetius était disciple d'Augustin, ce docteur de l'Église, tout entier confit dans le mépris des Juifs, grand fornicateur avant qu'il n'embrasse la foi chrétienne, et ne devienne le génial propagandiste de la grâce et de la prédestination. Ainsi Voetius ferraillait avec tous ceux qui prétendaient qu'un bon comportement, une morale élevée, de bonnes actions pouvaient adoucir le décret divin et conduire l'homme repentant sur la voie du salut – comme ces horribles jésuites.

Cette prédestination des âmes rendait infranchissable le gouffre avec le catholicisme : pour celui-ci, tous les hommes étaient égaux et pécheurs, tous se trouvaient du même côté de la barrière, c'est-à-dire de la faute. Au contraire, pour le calvinisme, une ligne de partage des eaux séparait définitivement les élus des damnés. Les deux religions chrétiennes s'affrontaient dans un combat sans merci qui ricochait dans tous les domaines de l'existence : dans l'économie, dans la politique, dans la considération que se portaient les hommes les uns envers les autres. Pour l'une, il fallait s'amender, se corriger, faire des efforts, se rendre à confesse. Pour l'autre, peine perdue. « Dieu fait miséricorde à qui il veut et il endurcit qui il veut. » Sans le dire à personne.

Quelle vie mener alors dans l'ignorance de son sort et dans l'incapacité de fléchir l'implacable décision du Ciel ? Fallait-il profiter de la vie à pleins poumons, jouir, se vautrer dans la fange du péché ? Ou, au contraire, se morfondre, pleurer, faire pénitence, souffrir, prendre modèle sur le Christ, glorifier Dieu sans cesse, et ne rien attendre en retour ? C'était la conviction de Voetius. La vie devait être sanctifiée dans la sévère imitation du Seigneur. Rire était fortement déconseillé ; le plaisir, âprement proscrit ; l'alcool, sévèrement contrôlé. Dans certaines villes, Voetius avait obtenu d'en prohiber la vente dans les tavernes le dimanche, à défaut d'avoir pu en interdire la consommation publique. Lors des funérailles, il était parvenu à bannir toute liqueur, car, trop souvent, les enterrements s'achevaient dans la beuverie ; l'on noyait son chagrin dans le vin, la bière ou le rogomme. Sa vindicte s'élevait aussi contre les fumeurs et le tabac, qui, c'était bien connu, conduisait à la sodomie. Il vitupérait le luxe, les kermesses, les spectacles, les seins nus et les cheveux longs.

Quand les bourgmestres n'avaient pas pris de mesures pour empêcher ces dérives, il les critiquait publiquement en chaire. Le pouvoir, pourtant séparé de la religion dans la République, devait rester sous sa tutelle : un poisson libre de ses mouvements, mais prisonnier dans l'aquarium de la foi.

Vivre toujours dans l'incertitude n'était pas vivable pour la plupart des fidèles. Au fond d'eux-mêmes, ces austères et sombres chrétiens ne pouvaient s'empêcher de chercher les signes de leur salut ou de leur damnation. Et les plus incontestables leur paraissaient être ceux de leur réussite matérielle. Aussi étaient-ils industrieux, travailleurs, durs à l'effort. Calvin, qui avait sa vie durant condamné tout signe d'élection, et notamment le succès dans les affaires, se retournait dans sa tombe. L'histoire commence en tragédie et s'achève en farce.

Mais la théologie de la prédestination inflexible, aux conséquences déroutantes, donnait d'autres difficultés à Voetius. La Réforme protestante avait débuté par une violente critique du clergé, corrompu, cupide et vénal. La pratique romaine des indulgences avait insufflé le vent de la révolte chez le moine Luther. Cette tradition, qui remontait au XIe siècle, permettait aux prêtres d'absoudre le fidèle repentant en échange d'espèces sonnantes et de quelques actions de repentir – la durée de l'âme au purgatoire s'en trouvait d'autant raccourcie.

Pour Luther et pour Calvin, au contraire, seule l'Écriture comptait, elle seule devait être révérée ; aucune tradition ne devait l'être. Voetius avait bien perçu les dangers d'une telle dogmatique : si tout tenait dans le texte sacré, alors quel besoin de pasteurs et, singulièrement, de sa propre personne ? Les fidèles ne finiraient-ils pas par s'en détourner, dès lors qu'ils savaient lire ? De nombreuses sectes protestantes pullulaient déjà comme des virus à l'intérieur de la Réforme et déniaient toute importance aux prédicateurs : collégiants, mennonites, anabaptistes, quakers, sociniens… Calvin aurait-il imaginé un tel fléchissement de l'autorité des représentants de Dieu ? Impossible.

Dès lors, pour ne pas verser dans ces attitudes si honteusement libertaires, Voetius exigeait une confiance aveugle des fidèles envers leurs pasteurs – auxquels il recommandait de ne pas hésiter à terroriser leurs ouailles. Que les hommes souffrent, qu'ils passent leur vie dans l'angoisse, pénitents aux genoux écorchés : c'était l'aubaine d'un peuple tenu en laisse. Les pasteurs, seuls garants du modèle christique, étaient des guides sûrs le long de cette route où il n'y avait rien à comprendre.

Quand Pereyra poussa sa porte en ce mois d'octobre 1676, il se trouva au seuil d'un grand appartement dont les murs entièrement blancs encerclaient un bureau de bois noir, sur lequel trônait une Bible. En face de lui se tenait ce vieillard souffreteux, expectorant sans cesse, mais malgré tout étonnamment alerte.

— Cher professeur, commença Pereyra après avoir remis manteau et chapeau à son secrétaire particulier, je vous suis infiniment reconnaissant de m'accorder un peu de votre temps. Je ne resterai pas longtemps, mais j'ai besoin de vous pour une affaire grave qui nous concerne tous. Nos Provinces-Unies sont en danger. Et…

— Elles le sont depuis longtemps, l'interrompit Voetius. Depuis Arminius, cet affreux qui avait douté de la prédestination, et pire encore, depuis ce voyou de Descartes !

— Oui…

— J'ai cherché à faire condamner sa personne mais les régents ne m'ont pas suivi, ces lâches…

— Je sais bien…

— Et dire que cet aventurier m'a écrit une longue lettre publique pour m'injurier et dénoncer mes méthodes. Meilleures que la sienne, d'ailleurs, avec ses ineptes preuves de l'existence de Dieu.

— Oui, cher maître, je vous comprends, je partage votre colère, mais, s'il vous plaît, écoutez-moi. Vous avez eu avec les régents les mêmes difficultés que j'ai eues, moi, avec les *parnassim* de la synagogue. Ce sont des faibles qui rechignent à punir, des lâches qui croient que tout s'arrangera avec le temps, que même le démon s'amendera et demandera pardon. Mais le diable s'est remis à nous défier. Il ne nous lâchera pas.

— Bento Spinoza, donc ? Vous auriez dû le nommer sans attendre.

— Tout jusqu'à son nom me dégoûte. Mais comment savez-vous que…

— Ne soyez pas naïf. J'aurais pu être chef de la police. C'est d'ailleurs étonnant que le bourgmestre ne me l'ait jamais proposé.

— Il remue encore, ce serpent, l'interrompit à son tour Pereyra. J'espérais qu'il se serait rangé après sa condamnation par la cour de Hollande et celle de son maudit *Traité théologico-politique* il y a deux ans. Mais il continue, l'enragé ! Avez-vous lu des extraits d'un de ses ouvrages qui se nomme l'*Éthique* ? Il paraît qu'il tourne en ridicule tout ce à quoi vous et moi avons consacré nos vies.

Voetius, qui tenait les Juifs en piètre estime, fut désagréablement surpris d'être associé à son hôte. Qu'étaient les Hébreux sinon des blasphémateurs incapables d'adorer le seul vrai sauveur, Jésus-Christ ?

— Est-ce si grave ?

— Comment ? Vous m'étonnez. Ce poison nous détruira tous, oui tous, le fixa-t-il du regard, jusqu'au dernier. Il dressera les fils contre les pères, les chrétiens contre les Juifs, le peuple contre les dirigeants, le clergé contre les politiques. Il ne nous laissera que des ruines et nos yeux pour pleurer. Pouvons-nous laisser cet homme continuer à nous menacer ? Ne mérite-il pas le sort de Koerbagh, son ami si répugnant, cet horrible blasphémateur ?

— Qu'on lui ôte la vie ?

Pereyra opina lentement.

— Vous vous égarez. Koerbagh a été emprisonné car il contestait notre sainte religion. Il n'était pas prévu qu'il meure dans sa cellule. Nous voulions l'exiler quand il aurait purgé sa peine. Il est mort avant. De maladie. Que voulez-vous que j'y fasse ?

Voetius fit une pause. Puis il leva doucement la main.

— Attention, ne vous trompez pas, cher Abraham, si vous me permettez cette familiarité qu'à l'approche de la mort je m'autorise, mais les hérétiques, nous ne les tuons pas, nous protestants. Ce sont des manières de papistes. Et puis, je me suis longtemps demandé… Je dois vous l'avouer, cela ne va pas vous faire plaisir. Mais je me suis longtemps demandé si par certaines de ses idées Spinoza n'était pas l'un des nôtres.

— Comment cela, s'offusqua Pereyra, l'un des vôtres ? Ce diable ? rugit-il. Vous vous moquez de moi ?

— Eh bien, somme toute, il refuse le libre arbitre. Il considère que l'homme est en tout déterminé, qu'il est de toute éternité dans les mains de Dieu. Comme nous.

— Mais il vous ridiculise, il décrit vos méthodes, il vous accuse de n'être que superstitions, et d'abrutir vos fidèles.

— Je sais tout cela. Mais le calviniste que je suis est moins gêné par lui que par Descartes, ses mauvaises mœurs, son goût du plaisir, sa philosophie. Descartes, c'était un Borgia ! J'ai gagné la guerre contre lui. Il a dû s'enfuir de chez nous, le petit Français. C'était un faible. Spinoza est bien différent, il n'aime point l'excès, il a de bonnes mœurs, ses opinions ne sont pas toutes absurdes.

Il avait bien compris ce que voulait Pereyra. Il fit une pause et inspira profondément.

— Non, non, ne comptez pas sur mon aide. Je ne suis pas votre homme.

Profondément déçu, Abraham Pereyra refusa de croire que Voetius fût tout à fait sincère. Il questionna du regard le vieillard, celui-ci marqua un temps, pensif, puis lui fit grâce d'un conseil.

— Allez voir les catholiques. Allez voir Burgh.

— Qui ?

— Albert Burgh, le fils de Conraad, un proche de Spinoza qui s'est converti au catholicisme. Renseignez-vous.

Pereyra reprit espoir. Ce Burgh pourrait lui raconter bien de choses sur Satan. Un calviniste spinoziste converti au catholicisme... Tout un programme.

— Dites-moi, cher professeur, savez-vous où il habite ?

— Bien sûr, mais je ne vous aiderai pas. Ce n'est pas contre vous, Abraham. Petrus, veuillez raccompagner monsieur.

L'ordonnance escorta Pereyra jusqu'à sa calèche. Au moment où ce dernier allait monter, il lui murmura à l'oreille en prenant soin que personne ne l'entende :

— Je peux vous aider, si vous voulez.

Interloqué, Pereyra le fixa du regard :

— Comment ?

Petrus ne répondit pas.

Pereyra comprit vite et glissa dans sa main cent florins. Petrus se dirigea vers le cocher et lui souffla un mot à l'oreille. Puis il revint vers Pereyra.

— Burgh habite chez Sténon, à Amsterdam. Votre cocher vous y conduira.

Le trajet parut démesurément long à Pereyra. Arrivé en bas de l'immeuble de Sténon, il leva la tête et pensa : ces gens ont de la ressource. Le bâtiment était beau, entretenu, imposant. Sténon avait été célèbre à Amsterdam. Alors que la gloire semblait promise à ses talents de géologue et d'anatomiste, il avait soudainement abjuré la religion réformée pour se convertir au catholicisme. L'affaire avait fait grand bruit. Rome, qui ne reculait pas devant la provocation, l'avait nommé évêque.

Arrivé au deuxième étage, il frappa à la porte. Aucune réponse. Petrus se serait-il joué de lui ? Il retenta sa chance. Rien. Il patienta encore. Puis il assena plusieurs coups secs et sonores à la porte. Le miracle se fit, il entendit des pas. L'huis s'ouvrit. Burgh, car ce ne pouvait être que lui, se tenait dans l'embrasure, habillé d'une simple robe de bure. Son regard vagabondait encore, tout absorbé dans la prière. Assurément, il venait de tutoyer le Saint Esprit.

— Albert Burgh ? lui dit-il.

— Frère Franciscus de Hollandia, lui répondit-il avec un signe de tête affirmatif. Que puis-je pour vous ?

Pereyra le dévisagea, hésita, puis se dit par-devers lui qu'il valait mieux en venir tout de suite à l'essentiel. Burgh, quoique de bonne famille, ne prêtait sans doute plus attention aux mondanités.

— Je veux vous parler de Bento Spinoza.

— Vous n'avez pas mieux à faire qu'à vous intéresser au diable ? Pensez au salut de votre âme.

— Lutter contre le diable, n'est-ce pas œuvrer à la rédemption du monde ? lui répliqua-t-il en employant à dessein un vocabulaire chrétien.

Burgh esquissa un sourire de contentement. Peut-être avait-il devant les yeux un messager de Dieu. Il invita Pereyra à entrer. Aucun des deux n'esquissa le moindre geste. Ils se scrutaient. Le luxe et le dépouillement se faisaient face. Pereyra sentit revenir à sa mémoire tant de souvenirs d'Espagne, Burgh lui rappelait les dominicains espagnols, tout de noir vêtus. Celui-ci, franciscain, était encore plus simplement drapé : une robe de laine grise, un petit capuchon sur les épaules, une simple corde en guise de ceinture, des pieds nus. La pièce était petite. De la paille dans un coin servait de couchage. Un feu était allumé, et un prie-Dieu disposé devant, dont le coussin portait encore la marque des génuflexions. Burgh se méfiait de Pereyra, trop richement habillé pour être honnête, et qui, par l'âge et la manière, lui rappelait son père.

— À qui ai-je l'honneur ? lui demanda-t-il en l'invitant à s'asseoir près du poêle.

— Abraham Pereyra. Je suis l'un des dirigeants de la « nation portugaise ».

— Abraham Pereyra… Abraham Pereyra. (Il se tourna vers la fenêtre comme s'il cherchait quelque chose dans le tréfonds de sa mémoire.) Spinoza m'avait parlé de vous, il me semble.

— En bons termes, j'espère ? fit-il ironiquement.

— Il n'aurait pas plus mal parlé du démon.

Un silence pesant s'installa dans la pièce ; on n'entendait plus que le bois qui crépitait, et les flammes déployaient leurs langues rougeoyantes. Le vieux Juif ne put s'empêcher d'admirer, amer, le talent des chrétiens pour les bûchers.

— Voilà la raison de ma venue, reprit Pereyra. J'ai bien connu Spinoza, il y a une vingtaine d'années. Les rabbins de la communauté me l'avaient recommandé pour son intelligence.

Burgh ne put réprimer un sourire désapprobateur. Pereyra, fin observateur, l'aperçut et poursuivit en lui adressant un regard complice.

— Je n'ai jamais eu aucune considération pour lui, je peux vous l'assurer. Il a terriblement nui à la synagogue… Nous l'avons exclu. Nous pensions en être quittes, et qu'il comprendrait le message. Mais il a continué de plus belle. Il nous a frappés une nouvelle fois avec son *Traité théologico-politique*, publié sous un anonymat qui n'a trompé personne. Il nous vise tous, vous, moi, le monde entier. Il brocarde nos religions, il nie la possibilité des miracles, la possibilité même de Dieu. Je l'ai condamné, ce buisson d'épines, dans l'un de mes livres, dans mon *El espejo de la vanitad del mundo*. Aujourd'hui on diffuse sous le manteau des extraits de son dernier livre, l'*Éthique*, encore plus atroce que les autres. Vous en avez entendu parler ? l'apostropha-t-il.

Burgh médita un instant avant de répondre. Il se remémorait son ancienne vie avec douleur.

— Je l'ai connu, moi aussi, il y a peut-être quinze ans, par l'intermédiaire de van den Enden. C'était avec lui qu'il apprenait le latin, la philosophie, la nouvelle philosophie surtout. Il m'aimait beaucoup, j'étais un peu la mascotte de son groupe. Mon père Conraad, homme de pouvoir dans la République, avait de la considération pour tous ceux qui ne faisaient confiance qu'à leur intelligence dans l'étude de l'Écriture. Il détestait les pasteurs. Comme Spinoza, qui était très occupé à construire une petite secte philosophique, à laquelle seuls une poignée d'initiés comprenaient quelque chose. Leur cœur ne pompait pas du sang, mais de l'orgueil. Je m'en suis convaincu quand j'entrepris d'aller à Venise, ivre de moi-même, pour me moquer de ces prêtres minables qui se piquaient de philosophie. C'est alors que je suis tombé sur l'un d'eux que j'avais cru facilement pouvoir terrasser. Mais il m'a vaincu car il avait l'expérience de la vie, de sa profondeur, de son tragique, l'expérience des humains, qui seule conduit à l'amour de tous. C'était bien nous les précieuses ridicules, nous qui prétendions philosopher sans avoir vécu et aimé. J'adorais le savoir, mais à quoi bon chercher le savoir si c'est pour le réserver à une minuscule élite, autant suffisante qu'insuffisante. L'âme suppliciée, j'ai vagabondé entre Padoue et Rome, où je finis par rencontrer un maître et un ami : Nicolas Sténon. Il s'était converti au catholicisme. Je fis de même, changeai de vie et pris un nouveau nom.

Spinoza avait été ébranlé par la si déplorable évolution de Burgh. Il avait placé beaucoup d'espoir en son ami, et le considérait comme un apôtre de la vraie philosophie, convaincu qu'il conformerait sa vie à la raison et qu'il ne se laisserait pas conduire par la superstition, les miracles, la croyance stupide à l'enfer. Il avait hélas succombé au charme maléfique de la pire des Églises chrétiennes, l'Église catholique apostolique et romaine. Comment pouvait-on se persuader d'ingurgiter chaque semaine le corps de Dieu ? lui avait-il écrit.

Pereyra écoutait Burgh. Une trentaine d'années les séparaient. Il en avait vu, des hommes, et pourtant il était impressionné par celui-ci.

— Nous ne sommes finalement pas si éloignés, vous et moi. Nous avons en famille quitté l'Espagne pour fuir l'Inquisition de vos amis, et faire retour à la religion de nos ancêtres. Nous avions pourtant été élevés dans votre catholicisme, mais il nous paraissait bien étrange, il ne parlait pas à nos cœurs. De toutes les manières, avec ses lois sur la pureté du sang, l'Espagne ne nous aurait jamais acceptés. C'était invivable. Partir était la sagesse la plus élémentaire, n'est-ce pas ? lui lança-t-il comme un défi. Mais vous aussi, vous avez fait retour. *Techouva*, comme disent les Juifs. La nouvelle religion, ce protestantisme de la Réforme, vous l'avez abandonnée à votre tour, pour revenir à la religion de vos ancêtres. Les mouvements de votre âme, les blessures que vous avez endurées, je...

Burgh l'interrompit.

— Non pas les blessures seulement, mais les stigmates dont tout mon être porte la trace. Comme celui que j'ai décidé de suivre, frère François. Je suis un franciscain, cher monsieur, et non un dominicain comme vos inquisiteurs. Vous n'avez rien à craindre de moi.

Pereyra l'observait attentivement. Il avait lu des écrits de François d'Assise qui lui était apparu comme un des sommets de l'humanité et dans lequel Dieu vivait assurément. Comme dans tous les justes. Burgh continua.

— Je crois dans l'égalité profonde de tous les hommes. Je veux la mettre en pratique, je ne veux plus que dans mon cœur subsiste une quelconque écharde de suffisance. Je ne vaux pas plus que n'importe lequel de ces mendiants. Nous sommes tous du même bois, de la même pâte humaine. Il n'y a pas les sages, les élus d'un côté, et les ignorants, les damnés de l'autre. La doctrine glaciale de Spinoza m'a fait vomir, tout comme celle de Calvin. Il m'a fallu naviguer entre ces deux monstres pour revenir dans le giron de l'Église catholique qui éclaire si bien nos vies avec ses saints. La sainteté, voilà la seule œuvre humaine digne de ce nom. L'argent, les honneurs, la puissance, les raisonnements, quelle vanité ! Vapeurs de vents. Seul compte le cœur. Préparons l'humanité au règne de l'amour.

— Vous aimez donc tout le monde ?

— J'essaie. Mais, je ne vous le cache pas, la tâche est ardue.

— Même Satan ? Même Spinoza ? Vous les aimez ?

Burgh fit silence. Il n'avait aucun doute que Spinoza représentait le mal. Il lui avait écrit il y a peu pour lui faire partager sa nouvelle vie et essayer de le convertir, et lui faire admettre que l'Église romaine était grande, qu'elle lui tendait les bras, comme à tous. Il raconta cela à Pereyra, ajoutant qu'il ne l'avait rendu que plus enragé encore.

— Ah oui, c'est un enragé. On nous le décrit comme un ange, boniment de foire ! Il se prend pour le grand prêtre de la nouvelle religion qu'il a bâtie de ses petits écrits. Mais c'est pour mieux distribuer des coups à ceux qui n'ont pas l'intelligence d'en être.

— Vous non plus, vous n'êtes pas dupe, voilà qui me fait chaud au cœur. De toutes les manières, malgré ce que vous avez vécu en Espagne, les catholiques et les Juifs sont beaucoup plus proches qu'il n'y paraît. Nous avons des rites, des traditions. Nous avons le sens du collectif. Vous aussi, n'est-ce pas ? Nous ne croyons pas que la Bible seule suffise. Vous aussi, n'est-ce pas ? Vous avez votre Talmud, la tradition de vos sages, et nous la tradition de nos docteurs, de nos papes et de nos saints. Ça va bien au-delà de cette *sola scriptura* dont les pasteurs nous rebattent les oreilles. Un jour vous vous convertirez, vous aussi.

— Nous n'en avons pas besoin, monsieur Burgh. L'Église doit prêcher Dieu à tous les païens idolâtres de naissance. Vous avez fait une erreur capitale, hélas, vous et vos frères. Jésus voulait faire découvrir Dieu à ceux qui n'étaient pas de son peuple. Mais vous avez regardé son doigt alors qu'il montrait le Ciel, et vous vous êtes mis à en faire une idole. Je me rappelle en Espagne ces tableaux et ces sculptures dans les églises devant lesquels nous nous agenouillions comme les Grecs ou les Romains devant leurs dieux. Sans nous, pour vous rappeler sans cesse qui est le seul Père, qui est le seul Dieu vers lequel chacun à sa manière doit apprendre à se tourner, sans nous, vous échouerez comme ont échoué tous les idolâtres.

Burgh ne répondit rien. Le flot des paroles de Pereyra avait de la puissance. Tous deux regardèrent fixement le feu. Chacun, devant la cheminée, se rappela Moïse devant le buisson ardent qui brûlait mais ne se consumait pas. Ils partageaient le sentiment d'une autre présence. Pereyra, plus enclin à l'action qu'à la mystique, enchaîna.

— Laissons cela. L'urgence n'est pas à la controverse, mais plutôt de savoir quand Spinoza cessera de nous nuire.

— Je crains qu'il ne faille attendre sa mort.

— Il faut donc qu'il meure.

Pereyra avait prononcé ces mots sur un tel ton d'évidence qu'il en ébranla Burgh.

— Vous avez raison hélas, soupira Burgh qui était resté silencieux quelques instants avant de reprendre. Son talon d'Achille, c'est son mépris et son orgueil. Derrière sa sagesse apparente couve la haine. Quand je l'ai fréquenté, elle était incandescente. Sous des dehors bonhommes et placides, il ne respectait rien. Et puis, je vais vous faire une confidence, c'était un homme de mauvaise vie.

— De mauvaise vie ? C'est-à-dire ?

— Vous ne comprenez pas ?

— Un ivrogne ?

— Vous plaisantez.

— Vous voulez dire que…

— Je ne veux pas seulement dire, je peux vous décrire, car, dans notre petit groupe, à son instigation, nous avions pris l'habitude des rendez-vous galants avec des femmes légères.

— Des putains ?

Abraham Pereyra n'en revenait pas. Chez les Juifs, le plaisir sexuel était tout sauf tabou, il était même recommandé comme un acte de sanctification de la vie que le Seigneur leur avait donnée. L'ascèse était très mal vue. Aussi n'avaient-ils en général pas besoin d'aller faire un tour dans des maisons closes et autres auberges à musique où l'on distrayait les ribauds avant qu'ils ne montent à l'étage avec des femmes de petite vertu. Que Spinoza, qu'on assimilait souvent encore à un Juif, fût associé à ces pratiques aussi douteuses n'était pour lui qu'un déshonneur supplémentaire. Les calvinistes avaient réussi à faire interdire la prostitution à Amsterdam, et à proscrire l'économie du sexe – même si dans cette ville où le monde entier se concentrait, où les brassages étaient quotidiens, il était déraisonnable d'imaginer que ce commerce pût disparaître. Amsterdam était devenue la ville de la prostitution en Europe. Mais les bourgmestres, pragmatiques, cherchaient à en dissimuler la pratique ou à feindre la sévérité quand ils ne pouvaient faire autrement. Pour sauver les apparences, si les autorités de la ville prenaient en flagrant délit un de ses habitants s'adonnant à la débauche, il était alors stigmatisé en chaire, calomnié et parfois même interdit de Sainte Cène.

— Je vous vois surpris par cette révélation.

— Et comment ! Fréquente-t-il encore ces dames ?
— Aucune idée.
Pereyra le fixa. Inimaginable qu'il n'y ait rien d'autre à lui dire. Il en savait trop.
— Avait-il des habitudes ?
— Impossible de me souvenir. Cela fait des années que j'ai quitté ce monde-là.
— Du temps de votre camaraderie, qui allait-il voir ?
Burgh le dévisagea. N'était-il pas plus sage de tirer un trait sur ce passé et ses péchés ? Mais Spinoza ne pouvait ainsi l'emporter en profitant de son amnésie. Il fit péniblement un effort de mémoire.
— Ana Pieters, finit-il par lui lâcher. Il en fréquentait peut-être d'autres, mais celle-là j'en suis sûr. Elle était bien jeune à l'époque. Peut-être exerce-t-elle encore.
— Et où pourrais-je la trouver ?
— Au 7 Jonkerstraat il y a une maison de musique. Asseyez-vous, vous la verrez accourir. C'est là que nous allions.
— Elle doit bien avoir un signe distinctif, non ? Comment faire ?
— Elle était rousse. Voilà ce que je peux vous dire.
Pereyra fit quelques pas en arrière, et remit son chapeau.
— Vous coopérez avec Dieu, mon frère. Qu'Il vous garde, le bénit-il en sortant.

Pereyra, qui savait qu'on ne pêche jamais mieux qu'en eaux troubles, pressentait un heureux dénouement. La nuit était tombée, le champ était libre pour se risquer dans ce lieu de perdition. Il héla son cocher. Si on lui avait dit un jour que le salut de la « nation portugaise » se jouerait dans les bas-fonds, il aurait frappé son interlocuteur. Un moment, il pensa qu'il devait confier cette mission difficile à son secrétaire particulier. Mais, elle était trop délicate. Il devait s'en charger lui-même. Pour la sainte cause.

Une demi-heure après, il pénétra dans la maison de musique, qu'il connaissait pour y avoir accompagné, par le passé, quelques clients rapidement quittés après la première gorgée de vin. Son honneur était sauf. Cette fois-ci, la démarche était plus périlleuse.

Il s'installa dans le recoin le plus sombre, après avoir laissé dans sa calèche ses atours les plus luxueux. Tant de richesse aurait attiré l'attention sur sa personne. Il commanda une bière, des harengs, et attendit en observant ce spectacle déroutant. Les habitués avaient leur place réservée et leurs gourgandines attitrées. Les nouveaux venus devaient attendre que l'une d'elles vînt leur faire la conversation.

Plusieurs fois il fut accosté, mais invariablement il déclina les offres, arguant qu'il venait juste pour se changer les idées, à la suite d'une grande déconvenue. Il regardait dans toutes les directions, épiait le moindre déplacement dans la grande salle. Une heure, deux heures passèrent, et il commença à somnoler. Tout cela n'était plus de son âge. Après avoir plissé et frotté ses yeux engourdis de fatigue, il ouvrit soudainement grand ses paupières. C'était elle. Elle descendait l'escalier, au bras d'un coquin qu'elle raccompagnait. Pereyra fixa la courtisane d'un regard concentré et scruta jusqu'aux ondulations de sa respiration. Elle ne manqua pas de le remarquer.

Ana Pieters n'était plus toute jeune, quelques rides, qu'elle tentait d'estomper tant bien que mal, striaient la commissure de ses yeux, mais elle avait un port altier, une chevelure abondante et rousse, une poitrine plantureuse, comme Pereyra en avait rarement vu, et une cambrure de danseuse. Rendu à cette attirance, il se reprocha de partager les goûts de Spinoza. Elle se dirigea vers lui qu'elle envisageait comme un futur client. Il renifla son odeur, de l'ambre de la Dominique. Un parfum qu'il avait voulu importer des Caraïbes. Ana s'assit face à lui l'air affable.

— Quel bon vent vous amène ?

— Un vent à nul autre pareil, chère madame.

— Ah bon ? Remarquez, vous êtes nombreux à me dire cela...

— Vous ne me comprenez pas.

— Qu'y a-t-il à comprendre ? Vous êtes tous les mêmes.

— Vous vous trompez, chère Ana.

— Vous connaissez mon nom ?

— Un de vos habitués me l'a donné... J'ai besoin de vous parler. De vous parler... de quelqu'un... d'une affaire importante.

Ana se méfia. Était-ce un informateur de la police, un de ces types graveleux qui, pour arrondir leurs fins de mois, faisaient conduire les putains contre rétribution au *Spin Huis*, la maison de correction pour prostituées ?

— Je parle peu, vous savez, dit-elle en souriant.

La nature téméraire de Pereyra l'inclina à tenter le tout pour le tout. Il valait mieux un refus qu'un regret.

— Bento Spinoza, cela vous dit quelque chose ?

Elle se ferma. Il sentit qu'elle avait peur de lui.

— Chère madame, je comprends votre crainte, mais rassurez-vous, je ne suis pas de la police, je suis un des dirigeants de la synagogue d'Amsterdam. Nous avons dû nous séparer de lui, car nous n'étions pas d'accord sur beaucoup de choses. Mais le différend qui nous oppose n'a cessé de grandir. Je voudrais le rencontrer pour aplanir nos difficultés. Aussi je cherche ceux qui pourraient m'aider.

— Allez le voir chez lui alors, je n'ai rien à voir là-dedans.

— Il ne voudra jamais me recevoir, il est trop fâché. Et d'ailleurs rien d'officiel dans tout cela. Ma démarche est personnelle. L'idéal serait de le rencontrer ici, même fortuitement.

Elle fit non de la tête.

— Je ne veux pas être mêlée à vos histoires.

Pereyra glissa deux cents florins sur la table, en lui demandant :

— Quand viendra-t-il vous voir la prochaine fois ?

Elle ne toucha pas aux billets, soutint son regard et lui dit :

— Dans deux ou trois mois.

Elle réfléchit.

— Venez demain à quinze heures chez moi, au 18 Blodestraat. Tout en haut.

Ana Pieters disparut. Tout cela lui semblait bien tordu. Elle ne savait pas si elle honorerait le rendez-vous. Bento ne lui rendait plus visite que très rarement, ce n'était plus vraiment un client digne d'intérêt ; mais c'était un homme qui l'avait bien traitée, qui l'avait autant amusée qu'intriguée. Elle décida de laisser passer la nuit.

Le lendemain, Abraham Pereyra, en homme à la ponctualité d'airain, se présenta chez elle à quinze heures sonnantes. La courtisane ouvrit. Elle avait réfléchi. S'il avait été de la police, il l'aurait emmenée immédiatement et ne lui aurait pas parlé ainsi, ni proposé une telle somme d'argent. Il avait l'air d'avoir de la fortune. Charge à elle de conduire la conversation en se gardant de ne pas trébucher. Quant au danger, elle y était habituée.

Ana Pieters parut moins apprêtée, mais n'en restait pas moins alliciante. Dans son intérieur, il aperçut quelques livres. L'appartement était petit, propret, meublé avec raffinement. Un grand lit trônait au milieu. Sans doute recevait-elle aussi ici. Sa première impression se confirma : il n'avait pas en face de lui une vulgaire courtisane mais une hétaïre.

— Je comprends très bien, chère Ana, vos craintes, lui dit-il d'emblée pour l'apaiser.

Il posa deux cents florins sur un coin de la table puis deux cents autres, comme si de rien n'était. La somme était énorme. Depuis le départ de son mari parti chercher fortune sur les navires de la Compagnie des Indes-Occidentales, mais n'ayant gagné aux Caraïbes que la mort, elle était seule pour élever ses deux enfants. Sa famille ayant été décimée par la peste, le tapin s'était imposé. Mais l'abattage avait fini par la rebuter; elle préférait des rencontres choisies avec les membres de la haute société. Son ancienneté dans la carrière, son intelligence, sa plastique lui permettaient de faire le tri. Elle était exigeante et recevait désormais la plupart du temps chez elle. Voilà ce qu'elle expliqua à Pereyra.

— Mais Spinoza?

— Ah, un homme charmant, mais timide et réservé. Et que j'ai eu bien du mal à apprivoiser.

Elle esquissa un sourire.

— Vous voulez dire à déniaiser?

— Oui, c'est cela.

— Il n'avait pas l'habitude de ces choses?

— Ah non! Quand il est arrivé à la maison de musique, il était, comment dire, apeuré. Il venait d'être éconduit par la fille d'un certain Enden, je crois, qui voulait se marier à l'église et n'épouser qu'un catholique. J'ai vite été touchée par sa naïveté et sa soif de savoir. Il voulait apprendre, partit-elle d'un grand éclat de rire.

— Apprendre? Comme à l'école?

— Oui, nul ne sait ce que peut le corps, me disait-il. Il voulait comprendre les lois du sexe, les lois du corps. Il me plaisait. Parfois c'est lui qui jouait au professeur en m'expliquant le grand philosophe, Descartes. Mais il a appris plus vite que moi. Je ne sais pas si tous les Juifs sont ainsi, mais il est vraiment gentil, contrairement aux ecclésiastiques. Il me prend un peu pour une pauvre petite créature, mais au moins il me traite bien.

— Vous recevez donc des prêtres ?

— Plus que vous ne l'imaginez, et même un évêque, un homme abominable.

— Et Spinoza, vient-il souvent ?

— Tous les trois mois au début, et depuis quelques années, seulement tous les ans. Et encore.

— Et il est venu quand la dernière fois ?

— En janvier, je crois.

Pereyra pensa : nous sommes en octobre, donc dans deux-trois mois, Spinoza reviendra.

— Avez-vous réfléchi à mon affaire ?

— Je ne suis pas sûre qu'il aime les surprises, surtout de ce genre. Ne comptez pas sur moi pour vous le faire rencontrer.

Pereyra se leva en silence. Il en savait assez.

— Très bien, j'entends. Je ne veux pas vous importuner davantage, chère Ana.

Sur la chaussée, il réfléchit. C'est là qu'il fallait agir, au bas de l'appartement d'Ana, et maquiller son assassinat comme un vulgaire crime des bas-fonds d'Amsterdam.

Le lendemain à la tombée de la nuit, Pereyra frappa à nouveau chez Burgh.

— Mon frère, j'ai deux nouvelles. Une bonne et une mauvaise. Laquelle préférez-vous d'abord ?

— La bonne, bien sûr.

— Spinoza fréquente toujours Ana Pieters. Plus rarement, mais toujours, et il ne devrait pas tarder à lui rendre visite. En janvier au plus tard sans doute.

— Et la mauvaise ?

— La mauvaise, c'est qu'un évêque est aussi de ses clients.

Burgh reçut cette annonce comme un coup de poignard à l'estomac. L'Église catholique sur la pointe des pieds commençait à être de nouveau admise dans les Provinces-Unies. Ce n'était pas le moment qu'un de ses moutons noirs ruine la politique du pape Clément X. Devait-il d'ailleurs croire un mot de cette fable ? Ébranlé, il lui fallait mettre un terme à l'entretien. Pereyra le sentit fléchir.

— Ensemble nous pourrions faire de grandes choses pour la Hollande.

— Cher monsieur, j'ai besoin de réfléchir. Revoyons-nous à la même heure dans une semaine, si cela vous convient.

Les jours passèrent et trouvèrent Pereyra dans un état de grande nervosité. Il avait besoin du soutien des catholiques. Seul, il clôturerait l'affaire et la classerait sans suite. Avec eux, il pourrait rendre un grand service à l'humanité et la délivrer du diable. Après avoir lu un certain nombre de rapports sur le coton, une nouvelle plante que la Compagnie néerlandaise des Indes-Orientales commençait à importer, il visita chacune de ses affaires. Il lut beaucoup. Il venait de dénicher des extraits d'un livre d'un certain M. Pascal qu'il avait beaucoup aimé, et en lequel il se retrouvait. Il faudrait un Pascal du judaïsme. Spinoza en aurait eu l'envergure, mais il avait trahi.

Il se présenta chez Burgh la semaine suivante.

— M. Pascal, cela vous dit quelque chose ?

— Évidemment. Mais c'est un janséniste, et le pape a condamné le jansénisme.

— Il a écrit de grandes choses, que je ne saurais trop vous conseiller de lire… Alors, vous avez réfléchi ?

— J'ai plus que réfléchi. Je suis allé voir les autorités de la Mission catholique. Nous avons décidé de reprendre les choses en main. Le mouton noir a été identifié, renvoyé à Rome, et démis. Maintenant, la route est dégagée. Nous allons régler le cas Spinoza.

— Postez alors deux hommes en bas de chez Ana Pieters qui nous préviendront dès que ce vaurien arrivera. Une mauvaise rencontre dans ce quartier malfamé, et l'affaire sera réglée.

Burgh acquiesça, il n'avait jamais compris si Pereyra parlait vraiment au nom de la « nation portugaise », mais il lui inspirait confiance. Pereyra prit congé. Il n'avait qu'à patienter. Ce n'était pas son fort.

Quelques jours plus tard, il reçut chez lui une enveloppe cachetée, sur laquelle figurait une armoirie qu'il reconnaissait. Deux bras tendus croisés sous une grande croix, l'emblème de l'ordre des Franciscains. Il était prié de venir voir Albert Burgh dès que possible. Urgence absolue. Un large sourire inondait son visage alors qu'il frappait à la porte. Le franciscain affichait un visage des plus sombres.

— Nous avons un problème, monsieur Pereyra. Nous ne sommes pas seuls sur l'affaire.

V.

De fer et de sang

Le pouvoir surveillait Spinoza. Jusqu'à 1672, l'année du Désastre, comme l'appelaient les Hollandais depuis l'invasion par Louis XIV, il avait mené sa vie d'homme de lettres et de science sans trop inquiéter la police du pays. Il avait eu la chance de vivre un moment béni de l'histoire des Provinces-Unies, celui dit de « la vraie liberté » : liberté de l'esprit, liberté de religion, liberté des affaires, liberté politique. Cette période avait consacré le triomphe des régents, riches marchands, juristes, scientifiques, industriels, armateurs, héritiers le plus souvent, qui détenaient le pouvoir dans les provinces. Le centralisme leur faisait horreur : il leur rappelait trop le joug royal de l'odieuse monarchie espagnole dont ils avaient fait sécession.

L'évolution des affaires du monde les amena cependant à se coordonner : l'économie toujours plus exigeante en capital l'imposait. La politique internationale, obnubilée par la puissance et la quantité, les contraignit à s'unir pour devenir un interlocuteur respecté des cours étrangères : le grand pensionnaire de la République devait avoir un grand talent de négociation pour rapprocher des points de vue divergents. Mais son pouvoir était limité, il ne pouvait agir que sur mandat des provinces, et il lui manquait surtout l'essentiel : le pouvoir de faire la guerre. Celui-ci était réservé à la famille d'Orange-Nassau dont le fondateur, Guillaume d'Orange, avait pris les armes en 1568 contre les Espagnols. Guillaume Ier suscitait une admiration sacrée tant il était rare de se dévouer à ce point à son pays. Aussi ses descendants s'empressèrent-ils de reprendre à leur compte sa devise : « Je maintiendrai. » Abreuvés d'absolu, ils avaient le soutien des pasteurs qui, tout imprégnés d'histoire biblique, rêvaient au retour d'un roi.

Deux partis se partageaient le pouvoir qui reposait sur un équilibre instable : le parti de la guerre et le parti de la paix, le parti de la maison d'Orange et des pasteurs, et le parti des régents et de la République. L'année 1650 donna l'avantage à ces derniers : Guillaume II, l'héritier de la maison d'Orange, mourut, laissant Guillaume III, son fils orphelin de quelques jours, assumer seul la charge dynastique. Pendant vingt-deux ans, la liberté, comme l'eau du tonneau des Danaïdes, coula à flots. Les États de Hollande pensaient s'être débarrassés à tout jamais du risque monarchique.

Spinoza s'épanouissait dans cette République. Sa réputation attirait à lui les maîtres du pouvoir, surtout les grands scientifiques, Hudde à Amsterdam, et de Witt, grand pensionnaire de 1653 à 1672, qui sollicitaient ses lumières même s'ils n'avaient pas apprécié son *Traité théologico-politique*. Sa critique de la monarchie leur plaisait ; sa défense de la démocratie les horrifiait tout autant qu'elle scandalisait le jeune héritier orangiste.

Tout jeune, celui-ci avait été confié au grand pensionnaire de Witt pour qu'il fasse son éducation politique. Lui faire aimer la République et le doux commerce, lui en faire découvrir les délices avait tenu en haleine le petit monde du gouvernement qui s'imaginait en faire un bon républicain. Après tout, Guillaume Ier avait respecté la lettre et l'esprit de la République.

De Witt montrait beaucoup d'application dans l'exécution de sa mission ; ils se rencontraient pour des séances d'instruction politique presque chaque jour, jouaient ensemble à la paume. De Witt aimait cet enfant fort doué pour la parole et l'apprentissage des langues, et doté d'une intelligence aiguë des situations, qui le prédestinait au moins à une carrière de grand diplomate. Ses talents lui permirent de comprendre que, dans les mains du pouvoir, il était une proie précieuse. Aussi avait-il appris à ne pas se livrer complètement dans leurs conversations. Il n'était pas dupe des manigances républicaines pour le circonvenir.

De Witt ne put empêcher qu'il fût élevé dans la religion. Les pasteurs, calvinistes de la plus rigoureuse des obédiences, lui enseignèrent l'Écriture, lui apprirent la piété, en firent un homme à la foi pure. Ils l'entretinrent des desseins de la Providence et de l'avenir qu'elle ne manquerait pas de lui réserver.

Sa grand-mère, la femme décisive de sa vie, y veillait avec un soin obsessionnel. Elle le façonnait d'après un patron royal, lui donnait une confiance en lui inébranlable et lui enseignait les devoirs dus à son rang. Ses arrière-grands-parents n'étaient-ils pas Henri IV et Marie de Médicis ? Sa mère Marie-Henriette n'était-elle pas une Stuart, princesse royale d'Angleterre ? Ne pouvait-il pas un jour devenir roi d'Angleterre ? Elle lui répétait qu'il devait s'y préparer.

Bien qu'il n'en laissât rien paraître à son tuteur, Guillaume III brûlait de poursuivre le glorieux destin de sa famille. Son attachement pour la monarchie se gonflait de la mauvaise opinion qu'il avait de la République. La perspicacité de Guillaume III perçait tous les conciliabules qu'il surprenait entre les régents, pénétrait leurs peurs, leurs incertitudes, leur vaine gloire, dont il se moquait par-devers lui. Or la guerre se faisait entendre de tous côtés, entre l'Angleterre et la Hollande d'abord, puis, entre l'Angleterre et la Hollande unies contre la France, puis de nouveau séparées et en conflit. Les institutions de la République n'étaient pas faites pour la violence et le combat. Guillaume III était certain qu'elle s'effondrerait d'elle-même le moment venu. La paix, la paix avant tout, clamaient tous les marchands – mais cela ne se pouvait. Ceux qui baissaient la garde étaient des traîtres. Les pires étaient les démocrates, républicains d'abominable engeance. Leur pouvoir d'attraction était aussi grand qu'il était trompeur et pernicieux. Spinoza en était. Guillaume III lui reprochait de nier Dieu, son Fils Jésus-Christ, le

Saint Esprit, de tourner en dérision la religion, les pasteurs, les dogmes de la religion chrétienne. Sa vie était à elle seule un affront.

Guillaume III avait dressé avec une glaciale résolution la carte de ses ennemis. De Witt lui avait appris à se méfier des Français. Il lui répétait sans cesse *amicus gallus sed non vicinus*. Ami du Gaulois mais non son voisin. Or Louis XIV ne cessait de fomenter des plans contre les Provinces-Unies, Versailles propageait des bruits de guerre pour faire trembler à l'avance sa future victime, comme l'avait fait Hannibal avec ses éléphants. Guillaume III avait bien jugé l'erreur de De Witt : croire qu'on pouvait pactiser avec le Français. Il fallait cesser d'entretenir des lubies insensées sur cet individu, et le combattre rageusement, sans penser l'amadouer. Qui pouvait prétendre faire d'un tigre un frère ? Louis était, à l'extérieur, son ennemi mortel. À l'intérieur du pays, Guillaume III n'avait eu besoin de personne pour identifier l'adversaire : Spinoza serait sa cible du dedans. Tous deux, il devrait les abattre. Le futur était à ce prix.

Les régents et leurs familles se félicitaient d'avoir installé une république éternelle. Louis, le quatorzième du nom, fit voler cette certitude en éclats.

Il avait repris à son compte la grande politique des rois de France qui avaient toujours lorgné au nord et à l'est de leur royaume. Quand l'empire de Charlemagne avait été divisé en trois, le pays s'était retrouvé amputé de ses façades est et nord. Lorsque Louis XIV était arrivé au pouvoir, ses aïeux avaient déjà accompli un travail de titan. Ne lui restait qu'à conquérir la Franche-Comté, l'Alsace, la Lorraine et une proie du plus grand prix, les Flandres. Qui tiendrait les Flandres tiendrait l'Europe du Nord, la mer, la richesse, le commerce mondial, et contiendrait l'Angleterre. Les conquérir, c'était installer le royaume de France au cœur du monde.

Un homme aurait pu convaincre Louis de renoncer à son obsession de la victoire en Hollande et de laisser l'Europe en paix. C'était Leibniz, qui avait remis à Louis un *Mémoire sur la conquête de l'Égypte suivi d'un projet d'expédition dans l'Inde*. Il espérait le persuader de jeter son dévolu sur l'Égypte, carrefour vers l'Asie, pour ruiner la Compagnie des Indes et s'assurer des possessions dans tout l'univers.

Leibniz était bien aveugle. Le roi des Français était plus préoccupé par son pouvoir immédiat, sa boursouflure et son orgueil que par l'héritage qu'il laisserait. Jamais la conjoncture n'avait été aussi favorable à la France. Elle était et de très loin le pays le plus peuplé d'Europe, son armée était devenue la plus puissante du continent, elle comptait des maréchaux d'immense talent, Turenne, Luxembourg, Condé et tant d'autres que l'Europe lui enviait. Les régents étaient autant séduits par la finesse de l'esprit français qu'ils redoutaient ses démonstrations de force. Dans leurs têtes, ils avaient déjà admis leur défaite quand Louis sonna la charge en 1672.

Assistant désemparé à l'avancée des armées françaises, de Witt lui offrit les terres plus catholiques du Sud et la ville de Maastricht, ainsi qu'une indemnité de dix millions de livres pour que l'on pût se quitter bons amis. Accepter cette proposition aurait inéluctablement conduit la France à mettre la main sur les Flandres qui se seraient trouvées quasiment encerclées. Hélas, Louis voulait avant tout humilier ces protestants dont il avait commencé chez lui à rogner les libertés. Il pensait aussi à ces nobles qui l'avaient défié pendant la Fronde vingt ans plus tôt. L'Europe et la cour devaient apprendre en tremblant qui était le Soleil, et devant qui se courber. Il refusa l'offre et réclama les territoires de l'est des Provinces-Unies, de l'autre côté du Rhin, demandes aussi humiliantes qu'inacceptables, car elles auraient conduit à la disparition des Provinces-Unies prises en étau par les Français. Massacrés, les dignes Hollandais ne pouvant se résoudre à vivre en esclaves décidèrent, en désespoir de cause, d'ouvrir leurs écluses. Le pays fut noyé sous les inondations. L'esprit de résistance hollandais emporta de Witt, accusé d'impréparation, d'impéritie et d'incompétence. Il fut atrocement assassiné. Guillaume III devint l'homme fort du pays.

Immobilisé, Louis jeta son dévolu sur Maastricht. Le siège fut un déluge de feu, une hécatombe. Les Provinces-Unies étaient maintenant noyées dans le sang. Face aux funestes perspectives, tout le monde retenait son souffle. Sauf Bento Spinoza.

À l'acmé de la tragédie pour son pays, le philosophe avait reçu un carton d'invitation pour Utrecht, dont Condé avait pris le contrôle. Avisé, prudent, circonspect, il avait longuement hésité avant d'accepter, non sans chercher à se couvrir auprès des services de Caspar Fagel, le successeur de De Witt. Il aurait bien voulu obtenir un sauf-conduit de l'administration, il avait expliqué que sa visite n'avait qu'un but scientifique, que Condé était un amateur de toutes les nouveautés. Et puis, qui sait, il pourrait peut-être lui rapporter quelque information utile à la sécurité de la République. Les services du grand pensionnaire ne s'étaient pas opposés à l'insolite excursion. Spinoza était déjà célèbre, on lui rendait souvent visite dans son petit logement chez les van der Spyck, des Hollandais comme des étrangers, surtout des Français.

En France, le courant de la libre-pensée s'était développé avec vigueur. Les libertins, comme on les appelait alors, avaient des idées assez proches des siennes, ils professaient la liberté de croyance, la Nature comme puissance souveraine, le refus de l'immortalité de l'âme. Spinoza avait longuement reçu chez lui Saint-Évremond qui en était l'une des figures. Ils avaient en commun un intérêt marqué pour Descartes. Spinoza avait fait son apparition sur la scène européenne en publiant sous son nom les *Principes de la philosophie de Descartes* et les *Pensées métaphysiques*. À ce seul titre de commentateur exceptionnel, Spinoza valait le voyage : il passait dans l'Europe éclairée pour le meilleur connaisseur de l'œuvre du maître sans qu'il en eût été l'élève. Il espérait rencontrer de nouveau ces libertins chez Condé qui était l'ami de tous les esprits forts, savants, poètes, prosateurs, philosophes qu'il attirait de toute l'Europe. La verve de

Condé était légendaire et les Français qui avaient rendu visite à Spinoza lui avaient décrit, admiratifs, le fascinant et fougueux maréchal. Il voulait aussi assurer la promotion de son dernier ouvrage, le *Traité théologico-politique* auquel il avait consacré tant d'années pour la liberté de tous, et qui n'avait pas reçu la considération qu'il méritait en Hollande.

Il s'en retourna trois semaines plus tard sans avoir hélas rien appris des plans de guerre des Français qui pût intéresser la sécurité de la République, et qu'il pût partager avec les autorités. Son voyage n'en paraissait que plus étrange. Certains le suspectaient d'un double jeu. Mais l'homme avait désormais des contacts chez les Français. Il pouvait être utile, bien qu'il fût incontrôlable.

Guillaume III avait trouvé un allié en la personne de Caspar Fagel, le nouveau grand pensionnaire des Provinces-Unies, sur l'aide duquel il pouvait compter pour faire surveiller Spinoza. Fagel savait tout et consignait tout. Il était efficace, pragmatique et disposait d'une capacité de négociation unique. Grâce à un réseau d'espions jalousé dans toute l'Europe, il résolut d'intriguer pour fragiliser Louis en son royaume. Sous la pression de Guillaume III, ils avaient entrepris, idée folle, de soulever la population française contre le nuisible Bourbon. Tous deux s'étaient rapprochés de l'ennemi juré, l'Espagne catholique, avec laquelle ils déchiffraient les rapports secrets des espions. La France était fragile. Il leur suffisait d'encourager les mécontents qui ruminaient des projets de sédition.

Le chevalier de Rohan, le sieur de Lautréamont, et Francis van den Enden lui-même, le professeur de Spinoza qui avait ouvert à Paris une école de latin, venaient d'unir leurs forces. Leur objectif était simple et grandiose : soulever la Normandie et établir une petite république indépendante à Quillebeuf, dans l'estuaire de la Seine, tout près du Havre. Ils avaient mis au point un plan en trois phases pour déstabiliser le Roi-Soleil. Van den Enden avait rédigé un projet de constitution et négociait avec les émissaires de la Hollande et de l'Espagne. Les deux aristocrates battaient quant à eux la campagne pour s'assurer de la participation des nobles à leur projet de soulèvement. Les Espagnols s'étaient engagés à fournir 4 000 à 6 000 fantassins ; Guillaume III se tenait en embuscade avec ses navires.

L'un des élèves de van den Enden, mousquetaire du roi, s'étonna des visites du chevalier de Rohan et espionna leurs conversations. Il prévint le secrétaire d'État à la guerre, qui, glacé, se chargea d'avertir Louis. Rohan fut arrêté à la sortie de la messe du roi à Versailles, avec tous ses comparses. La politique réserve de mauvaises surprises aux négligents : ils furent décapités ; van den Enden, étranger, pendu.

Fagel désespérait. Seul motif de consolation, Spinoza l'avait rassuré : il savait, en interceptant son courrier, qu'à mots couverts, il encourageait son ancien maître et lui donnait de bons conseils. Les deux hommes détestaient la monarchie, mais la plus absurde leur paraissait être celle du royaume de France. Spinoza exultait à l'idée qu'il pût, fût-ce de loin, participer à l'établissement d'une république normande, où la liberté de conscience serait garantie. Quand il apprit la nouvelle du décès de son ami, Spinoza ne put contenir ses larmes. Il pleurait un maître, un héros de la Hollande.

Guillaume III, colérique et fougueux, était anéanti. La libération des Provinces-Unies s'éloignait à grands pas. Les aventures en France s'avéraient des plus risquées. Il résolut alors de s'en prendre à ceux qui en Hollande s'opposaient à lui. Il avait réglé leur compte aux régents récalcitrants. Restait le démocrate, Spinoza, qui, selon lui, fomentait avec l'ennemi et que Fagel, dont il ne comprenait pas la mansuétude, protégeait trop. Un jour, n'y tenant plus, il convoqua le grand pensionnaire.

Il accueillit Fagel avec un déluge de reproches contre son insaisissable Spinoza. Il l'accusa d'avoir été ensorcelé. Il tempêta avec toute sa morgue, se leva, fit les cent pas, le visage martial, l'œil mauvais.

— Comment cela ? interrogea sobrement Fagel. Dois-je vous rappeler que j'ai fait en sorte que la cour de Hollande interdise l'impression, la vente, la diffusion par tous moyens du *Traité théologico-politique* et qu'elle rende un arrêt sévère contre lui ? De Witt ne l'aurait jamais fait.

— Fort bien, dois-je vous décorer, monsieur le grand pensionnaire ?

— Je ne cherche aucune gloire, je cherche juste à être…

— Vous avez bien raison ! La gloire, laissez-la à la maison d'Orange.

Fagel esquissa un sourire, puis reprit :

— Ma seule satisfaction est dans le travail : bien travailler et beaucoup, ne jamais renoncer, se lever tôt, se coucher tard, voilà les seules satisfactions dans l'existence.

— Un pays ne se gère pas comme la Compagnie des Indes, Fagel. Nous ne sommes ni des fondés de pouvoir des marchands, ni des administrateurs stipendiés par vos amis…

Guillaume III se rendit compte qu'il était allé un peu trop loin. Il ne voulait pas froisser Fagel. Il avait besoin de lui. Il y avait marchand et marchand. Ceux qui ont un livre de comptes à la place du cerveau et du cœur, et qui vendraient leur pays pour un plat de lentilles, il les haïssait.

— Vous savez bien à quelle catégorie les Fagel appartiennent.

Guillaume III eut un regard entendu et lui annonça qu'il maintiendrait l'ordre et les libertés hollandaises, et redresserait le pays contre l'absolutisme français. Grâce à leur religion si pure qui enseigne de travailler dur et sans relâche.

— Ici pas de superstitions, pas de papisme, pas d'églises qui pissent l'or ! Que les catholiques contemplent ce métal jaune tout en priant, ils n'en crèveront que plus vite. Hors de notre religion à nous, point de salut. Pour elle, je me battrai.

— Au point d'être son esclave et celui des pasteurs ? risqua Fagel.

— Vous m'imaginez en esclave, monsieur le grand pensionnaire ?

— Je me suis mal exprimé, Votre Excellence, simplement ce sont des rêveurs bien naïfs qui font trébucher le pouvoir quand ils ont de l'influence sur lui. Il faut les tenir en laisse.

— Vous me peignez en naïf, maintenant? Il est de l'intérêt du pays de les laisser croire qu'ils nous dirigent. Les laisser croire... Qu'est-ce que cela coûte? Cela fait plaisir au peuple. Pas aux grands marchands peut-être. Quelle importance!

Fagel réfléchissait à ce qu'il venait d'entendre pour la première fois avec autant de franchise. Il s'enhardit.

— Vous êtes comme notre envahisseur, sire. Oh, ne vous méprenez pas sur mes propos. Louis a compris comment utiliser la religion catholique à ses fins: il prépare la révocation de l'édit de Nantes. On m'a rapporté que bientôt il utilisera ses régiments de dragons pour terroriser nos frères dans la foi. La liberté de religion au royaume de France, c'est bel et bien terminé...

— Louis veut mettre les catholiques derrière lui. Il leur offre la tête de nos frères sur un plateau. C'est lui leur pape et non le satrape de Rome. Il sera le chef de l'Église catholique de France et le chef de l'État.

— Vous êtes donc comme Louis... et comme Spinoza. Il ne croit en rien cet homme, mais il sait que la religion est nécessaire. Alors, même si le prince ne doit pas imposer sa religion, il doit la soumettre à ses ordres.

Guillaume III était ébahi par son audace, Fagel cherchait vraiment à le provoquer.

— Voilà vraiment un traître, un homme dangereux votre Spinoza, fit-il avec beaucoup de mépris. Il est allé pactiser secrètement avec les Français. Et puis c'est un démocrate. Cela me suffit, ce voyou, je vais le faire arrêter, et nous le ferons disparaître, tonna-t-il. Ce n'est pas un jeu, il faut se méfier de la démocratie comme du feu. Ce n'est encore qu'une petite secte, mais si l'on n'y prend garde, elle deviendra notre religion officielle un jour.

— Spinoza n'a pas de disciples, il a jeté ses idées dans un livre comme une bouteille à la mer. Personne ne s'en saisira. Je continuerai de toute façon à le faire surveiller, chez lui et autour de chez lui, dans ses visites à ses prostituées. Vous avez mieux à faire. Dans la société des esprits forts, il y a beaucoup plus dangereux que Spinoza. Il y a les cartésiens. Eux sont organisés, déterminés à imposer leurs idées, et ils ne répugnent pas à frayer avec les Français. L'outrage à la religion est leur mode de vie. Ils ne vous aiment pas, mais ils n'aiment pas non plus Spinoza. Je les ai très sévèrement à l'œil.

Après avoir fait signe qu'il l'avait entendu, pris d'une profonde lassitude, Guillaume III lui donna congé. Que pouvait-il faire d'autre sinon acquiescer à cet exposé de la raison d'État ?

VI.

Delendo est Spinoza

Les Provinces-Unies regorgeaient de cartésiens. L'université, la politique, les controverses, tout semblait travaillé par les enseignements du Français. Dans ce pays, René Descartes avait élu domicile, écrit, publié ses grandes œuvres, notamment la première d'entre elles, le *Discours de la Méthode pour bien conduire sa raison et chercher la vérité dans les sciences*, accompagné de trois opuscules majeurs, applications de sa méthode : les *Météores* où il expliquait, sans aucun recours à la magie, les phénomènes météorologiques, l'arc-en-ciel au premier chef, la *Dioptrique* où il établissait les premières lois de l'optique, et la *Géométrie* des droites et des courbes dont il découvrait les équations. À quarante ans, Descartes avait frappé le monde des sciences comme l'éclair illumine le ciel obscur.

Les maîtres jésuites du collège royal de La Flèche en Touraine, conscients qu'ils avaient en face d'eux un adolescent peu ordinaire mais à la santé fragile, lui avaient donné licence d'assister aux cours selon son bon plaisir. Il se levait tard et ne se montrait que l'après-midi. Le jeune René s'ennuyait, il n'avait que mépris pour ces enseignements pédants, incohérents et ridicules. Le Soleil tournait autour de la Terre, immobile centre du monde, le ciel se décomposait en strates de valeur inégale, de la Terre à Dieu, comme un mille-feuille dont chaque tranche était dévolue à une certaine catégorie d'anges. Pour masquer les faiblesses de leur savoir, ses maîtres exposaient le tissu de leur ignorance d'un ton ampoulé et prétentieux. Plus ils étaient autoritaires et hautains, moins les adolescents osaient interroger leurs démonstrations. Plus ceux-là affirmaient avec solennité, plus ceux-ci révéraient cette apparence de savoir qu'ils ânonnaient comme des automates. Le ridicule et la bêtise se transmettaient. Chacun y trouvait son compte. Mémoriser et répéter procuraient du plaisir aux futurs commis du royaume : l'élite avait le talent du perroquet. Une qualité requise pour qu'elle répète sans surprise ce qu'on lui avait appris et conforte ainsi l'ordre de la société. Arrivée à l'âge des responsabilités, elle reproduisait les méthodes d'élevage dont elle avait été l'objet. Elle se comportait alors avec autorité, n'admettait pas qu'on remît en cause son jugement. Ce travers, typiquement français, se révélait particulièrement efficace. Jusqu'à ce que le petit René se rende compte de la supercherie.

Il avait observé son père, conseiller au parlement de Bretagne. René savait bien à quoi il devait s'attendre. Paraître, jouer la comédie, faire semblant, appartenir à des coteries, dire autant de mal de ses contemporains qu'ils en disaient de vous, attendre tout d'une promotion à la cour qui faisait la part belle à vos intrigues, mettre des bûches dans la cheminée du pouvoir qui à tout instant pouvait vous jeter dans l'âtre… voilà qui ne l'inspirait pas.

Il n'avait qu'une passion : la recherche de la vérité. Pour se donner les moyens d'accroître ses connaissances, il tenait à découvrir le vaste monde. Alors il fit le choix de la carrière militaire pour s'éloigner, voyager, s'enrichir l'esprit. Il s'engagea dans l'armée de Hollande. Il connut l'exaltation des combats, l'empire de la peur, l'alternance sournoise de la guerre et de la paix. Mais là n'était pas son destin. Sa volonté de tout connaître lui fit parcourir le continent. Il rejoignit l'armée du duc Maximilien de Bavière. À Francfort, il assista au couronnement de l'empereur allemand Ferdinand. Dans cette ville se tenait la plus grande foire aux livres d'Europe. Il y découvrit, émerveillé, les ouvrages de l'avant-garde savante : ceux de Tycho Brahe, de Copernic, de Kepler et de tant d'autres. C'est à Francfort qu'il prit conscience des dangers que couraient les adeptes de la nouvelle science : Galilée avait été convoqué à Rome par le Saint-Office et censuré.

En Bavière, le 10 novembre 1619, un soir, dans sa chambre chauffée par un poêle, il eut dans un rêve une illumination : tout le savoir n'était qu'un. Toutes les branches dans lesquelles le savoir se décomposait ne relevaient que d'une seule et même méthode. C'était à celle-là qu'il consacrerait sa vie pour faire progresser les sciences, conquérir le monde et dominer la nature.

De La Haye-en-Touraine où il était né, il était parti chercher la tranquillité jusqu'à La Haye aux Provinces-Unies. À force de vivre dans les équations, il était resté piètre psychologue et comprenait mal les relations de proximité et de pouvoir. Rien ne comptait en dehors des mathématiques. Il avait compris que la nature pouvait se ramener à des x, des y et des z. Le ciel des Provinces-Unies lui offrait un abri salutaire pour ses recherches. Il y fit école. L'un des premiers qu'il rencontra et avec lequel il se lia d'amitié fut le philosophe Henricus Reneri qui enseignait à Utrecht et lui présenta à son tour ce que l'université de la ville comptait de penseurs éclairés. Dans cette université, une graine de la pensée cartésienne avait germé et, de son vivant, celle-ci essaimait sur tout le territoire.

Fidèle à son exigence de calme, il se méfiait de la publicité qui pouvait être faite à ses découvertes. René avait renoncé à publier son *Traité du Monde et de la lumière* après avoir été informé d'une nouvelle condamnation de Galilée par Rome. Il se ferait une politique de ne jamais parler de politique, et de respecter toujours toutes les autorités. Peaufinant sa méthode, il pensait ainsi pouvoir continuer ses travaux sans que rien ni quiconque y fasse obstacle.

Celle-ci tenait en quelques mots : partir à la recherche effrénée de la certitude absolue en tenant pour entièrement faux ce qui n'était que probable, même le plus certainement probable. Ce qu'il appelait douter. Douter de tout et à tout instant, pour espérer trouver au moins une idée vraie, distincte, certaine, à partir de laquelle il pourrait en engendrer d'autres – un exercice qui aurait dû conduire n'importe quel autre être humain aux confins de la folie. Cette odyssée lui permit de découvrir alors ce qui résistait à cette destruction généralisée : quels que soient nos efforts pour le refuser, nous n'arrivons pas à penser sincèrement que nous n'existons pas. Il observa ensuite que nous avons tous en nous l'idée de l'infini. Celle-ci ne pouvait avoir été mise dans notre esprit limité que par un être infini, c'est-à-dire par Dieu. À partir de là, très précautionneusement, il était reparti à la conquête du réel et s'était proposé de fonder sur ces acquis la science et le savoir. Les *Essais* de Montaigne lui avaient déplu, car celui-ci abrasait tout mais ne construisait rien. Il serait l'anti-Montaigne, célébrerait la volonté libre et souveraine de l'homme qui le rendait à l'image de Dieu. Elle lui permettait de distinguer le vrai du faux et de dominer la nature, cette matière inerte dépourvue d'âme.

Il ne voulait appliquer son intelligence qu'aux sciences ; les vérités de la théologie, de la foi, des miracles ne le concernaient pas. Il était toutefois convaincu qu'il pourrait s'entendre avec les théologiens et pensait leur avoir rendu un grand service en démontrant l'existence de Dieu – il avait dédicacé ses *Méditations métaphysiques* à « Messieurs les Doyen et Docteurs de la Sacrée Faculté de Théologie de Paris ». Il espérait que la grande Sorbonne bénirait cette œuvre, et qu'il serait partout enseigné. Ses idées régneraient ; l'athéisme serait définitivement vaincu par sa démonstration.

La Sorbonne ne daigna pas répondre. Le Vatican mit ses œuvres à l'Index des livres interdits : cet homme était présomptueux, arrogant et dangereux pour la foi.

Voetius, parfaitement informé des menées cartésiennes dans sa bonne ville d'Utrecht, avait immédiatement perçu la menace. Il commença par retourner Regius, grand médecin d'Utrecht et universitaire, l'un des proches amis de Descartes, connu sous le nom sympathique de « bouledogue de Descartes ». L'argumentaire acharné de Voetius ébranla sa fidélité. Regius jugea que sur certains points importants le maître avait tort, et prit ses distances. Voetius fit ensuite écrire à Martin Schook, l'un de ses étudiants, une longue lettre à Descartes, pour dénoncer sa philosophie. Descartes s'estima diffamé, porta l'affaire en justice. Schook fut obligé de reconnaître qu'il n'avait fait que jouer le porte-plume et qu'il avait à peine participé à l'attaque. Voetius fut démasqué.

Qu'à cela ne tienne, il était prêt à en découdre. Il revivait 1619, quand le clan des calvinistes intransigeants avait défait celui des calvinistes libéraux qui demandaient une séparation stricte entre politique et théologie. Et voilà que Descartes, à son tour, écartait le sacré du profane. L'affaire était beaucoup plus grave. Pour Voetius, Descartes était un athée. Malgré ses dénégations sirupeuses, il encourageait l'athéisme. La méthode du doute était une extravagance dangereuse et délétère. Prétendre trouver le vrai par soi-même, quel orgueil ! La garantie d'une société stable et ordonnée n'était pas la vérité, mais la crainte de Dieu, qui ne se nichait pas au fond du cerveau. Il suffisait de lever la tête, d'ouvrir les yeux, de contempler la beauté du ciel, de s'émerveiller de la profusion de la nature, et d'éprouver, ébloui, que le monde avait évidemment une cause : Dieu.

Voetius revenait sans cesse sur cette méthode du doute. Soit elle rendait les hommes sceptiques. Soit, comme Descartes l'avait enseigné, elle menait à Dieu et Le rendait accessible à la raison humaine. Dans les deux cas, plus besoin de pasteurs, de curés, d'Église. Le flot de ces sectes qui pullulaient déjà, collégiants, mennonites, anabaptistes, sociniens, allait en profiter pour se gonfler encore.

Descartes prétendait séparer la théologie de la philosophie mais il inclinait bizarrement au contraire. Qu'avait-il fait d'autre avec ses preuves de l'existence de Dieu sinon empiéter sur la théologie pour s'en rendre le maître ? Voetius s'y connaissait en matière de censure ; en termes de lutte contre les philosophes, c'était un expert et un passionné, et Pereyra ne s'était pas trompé en imaginant plus tard trouver auprès de lui un solide appui. Il parvint à faire condamner cette honteuse philosophie dans sa ville. Il agita les Provinces-Unies pour que le plus haut niveau de l'État la réprouve. Un peu partout, les régents demandèrent que le cartésianisme, source de trop de disputes, ne soit plus enseigné, que le nom même de Descartes ne soit plus prononcé. Les professeurs cartésiens dont c'était le métier, et ils étaient nombreux, devaient dorénavant prendre garde à eux. Mais Voetius jugeait le pouvoir bien trop timoré devant le danger.

Descartes géra maladroitement ce conflit. Il rendit publique une longue lettre à Voetius dans laquelle il calomniait le grand pasteur. Cette violence verbale l'affaiblit et favorisa la cause de Voetius qui avait fait du combat contre Descartes le combat de sa vie. Un combat personnel. Quant à l'Église calviniste, elle se ligua contre le Français. Vaincu, celui-ci dut fuir la Hollande et se réfugier à Stockholm. Il y mourut de froid, de tristesse et de mélancolie en 1650. Le vigilant Voetius poursuivit alors de sa vindicte les élèves du maître contre lesquels il s'acharna jusqu'à sa disparition.

Quelques années plus tard, un cartésien connu de toute la Hollande, Lodewijk Meyer, avait, comme on l'a vu, publié sa *Philosophie interprète de l'Écriture sainte*. Sa conviction toute d'audace était simple : la raison devait régner en maître sur les textes sacrés. Jésus se faisant appeler la Vérité, il fallait examiner si cette prétention était fondée. Tout ce que l'on ne parvenait pas à démontrer dans la Bible, il fallait le déclarer faux. Son scalpel avait incisé et retourné le Livre en tous sens. La chirurgie était sanglante. Dieu avait-il fait le monde en six jours, montre en main ? Josué avait-il fait s'arrêter le Soleil sur l'heure de midi ? L'ânesse de Balaam s'était-elle mise à parler ? Trois dieux conversaient dans la Trinité ? Mensonges ! Seule trouvait grâce à ses yeux l'ambition morale du document.

Voetius abreuva d'injures le monstre Meyer. Ses excès en faisaient une proie facile. Il le remerciait intérieurement de lui offrir l'occasion de faire condamner le maître à travers son disciple. Qui a vu le fils a vu le père... Ce père était diabolique car à la même période il avait permis à un autre de ses héritiers d'avoir des opinions tout à fait opposées sur l'Écriture. Bento Spinoza dans son *Traité théologico-politique* distillait un tout autre venin cartésien. Désormais il ne fallait plus juger la Bible de l'extérieur, avec le crible de la raison, mais de l'intérieur, selon l'intention de ses auteurs et leur contexte. Spinoza était en désaccord profond avec son ami Meyer. L'Ancien comme le Nouveau Testament n'avaient aucun rapport avec la vérité, mais leur mérite était grand : en prescrivant aux hommes ce qu'ils devaient imaginer de leur bonne conduite, ils les faisaient obéir, et les rendaient justes et charitables. Spinoza ne s'était cependant pas cantonné à cette opinion, après tout élogieuse. Il assenait de violents coups de fouet aux hommes de Dieu, à leur goût du pouvoir, de la manipulation, et de la superstition. Or, bien plus que Meyer, Spinoza était perçu comme le cartésien par excellence. Pourtant Meyer, qui avait écrit la préface de l'ouvrage de son ami, *Les Principes de la philosophie de Descartes*, rappelait que la philosophie de l'auteur différait de celle du maître. Mais qui lisait les préfaces ?

Les thuriféraires de Descartes étaient inquiets, leur partie était tout sauf gagnée. Certes, ils avaient enfourché le combat de leur maître contre tous ces stupides aristotéliciens qui tenaient le haut du pavé et qu'ils avaient ridiculisés. Leur nombre grossissait malgré l'adversité, l'histoire souterrainement les portait. Ils ne se sentaient pas moins en danger. Spinoza, qui passait pour l'un des leurs, leur nuisait avec ses attaques en règle contre la religion. L'opinion publique n'était pas prête à accepter Spinoza et était d'avis que tous les cartésiens ne formaient qu'une seule maudite engeance. Ceux-ci avaient vu le piège que leur tendait Voetius qui les enfermait tous dans le même sac, ils devaient s'acharner à montrer qu'ils n'étaient pas plus spinozistes que Spinoza n'était cartésien. Argumenter contre lui leur assurait d'assister impuissants au retour triomphant d'Aristote et de la boueuse scolastique, car se battre sur deux fronts était l'assurance de la défaite. Il leur fallait régler à l'explosif le cas Spinoza.

Dans l'épicentre du cartésianisme qu'était Utrecht, les plus éminents d'entre eux avaient préparé leur plan de bataille. Réuni sous le beau nom de « collège des sçavants », ils avaient pris l'habitude de se réunir toutes les semaines pour discuter des nouveautés intellectuelles, pour étudier un livre récent, ou pour se tenir au courant des nouvelles découvertes scientifiques. Ils ne chômaient pas. Au début des années 1670, après la publication du *Traité théologico-politique*, ils avaient concentré leur énergie sur la cible à abattre. *Delendo est Spinoza* comme ils le répétaient avec un peu de pédanterie, se remémorant la formule de Caton l'Ancien contre Carthage. Il fallait l'abattre intellectuellement, tourner en dérision ses écrits, en montrer les vanités et les contradictions. Ils devaient prendre la tête de la lutte dans ce combat pour prouver que leur maître n'avait pu enfanter un tel monstre, qu'être un cartésien était une dignité et non une impiété, une vocation au service de la grandeur de l'homme.

Ce collège des savants rassemblait toute l'intelligence libérale de l'université d'Utrecht : le philologue, rhéteur et historien Graevius, le prédicateur et théologien Burman qui avait conversé avec Descartes, les philosophes de Bruyn et van Mansveld. À ce quatuor, il fallait ajouter un cinquième homme qui, bien qu'il ne fût pas universitaire, en était l'âme, Lambert van Velthuysen. Un homme particulièrement remarquable. Issu d'une grande famille patricienne très fortunée, administrateur de la Compagnie des Indes-Occidentales, médecin après avoir renoncé à devenir pasteur, membre du conseil municipal de la ville, traducteur de Hobbes, doté de dons exceptionnels pour les choses de l'esprit, il était l'étoile de ce groupe. Il leur ménageait des positions à l'université, intriguait pour qu'ils puissent continuer à enseigner malgré la censure. Politique efficace, il comprit vite qu'il fallait régler le cas de leur encombrant cousin en philosophie.

La première tâche du collège des savants fut d'inonder la Hollande de pamphlets anti-Spinoza. Ils ne contenaient le plus souvent que de basses polémiques – cela ne coûtait pas grand-chose d'accuser un adversaire de la rage. Parfois, ils se lançaient aussi dans des critiques philosophiques avec une même envie d'en découdre. Ainsi ils mirent à contribution le jeune Melchioris âgé de seulement vingt-cinq ans – heureusement qu'ils l'avaient :

les anciens sollicités avaient souvent décliné l'offre. Ils avaient déjà jaugé l'adversaire.

Quand, à leur tour, ils durent faire semblable constat et reconnaître les capacités du petit Juif athée, leur hargne redoubla. Surtout, son éloge de la démocratie, dans le *Traité théologico-politique*, allait donner à croire que Descartes était lui-même un démocrate masqué. Les orangistes allaient les sanctionner, exiler les plus téméraires, emprisonner les meneurs. Machiavéliques, ils décidèrent alors de le faire venir pour discuter face à face, eux tous contre lui seul, pour lui faire avouer ses fautes et ses crimes. Isolé, loin de chez lui, qui sait ce qui pouvait lui arriver... Parfois universitaires, hommes de lettres, ou simplement petits tribuns, déçus que leurs idées simples soient démenties par la réalité, complexe, visqueuse, insaisissable, trouvent un exutoire dans la violence. Ils ont la rage d'éliminer ce qui leur résiste. Ils n'ont pas le sens de l'aménité et de la tempérance. Le collège des savants choisit le lieu de la rencontre.

Les Français avaient envahi Utrecht en 1672. Ils en avaient confié le commandement militaire à Jean-Baptiste Stouppe, lieutenant-colonel dans la garde de Condé. Protestant, ayant servi Cromwell en Angleterre, il était critiqué par des théologiens de son bord qui l'accusaient publiquement de combattre en Hollande ses frères, de surcroît au profit de ces papistes de Français. Intelligent, l'homme chercha un viatique pour sa riposte. Il lut le fameux *Traité théologico-politique*, jugea que l'objet du livre était de renverser les fondements de toutes les religions, et prit la plume. Dans sa *Religion des Hollandais*, il expliqua ce qu'il avait découvert : les Hollandais n'étaient pas des protestants fréquentables. Leur foi n'était pas pure. Pour preuve, ils laissaient libre Spinoza alors qu'ils auraient dû le faire condamner et l'emprisonner. Les Hollandais le soutenaient donc *in petto* ; il avait bien raison de les combattre. Le sang des membres du collège des savants n'avait fait qu'un tour. Graevius fut chargé de rencontrer Stouppe. Celui-ci, tout à l'écoute, considéra opportun d'inviter Spinoza, dont son maître Condé avait déjà entendu parler et qu'il souhaitait lui aussi connaître. Pour Graevius, il fallait le confondre dans ce piège auquel le philosophe se rendit ce 28 juillet 1673 et qu'ensemble ils lui avaient tendu.

Spinoza ne s'était pas imaginé devoir se justifier devant une telle assemblée philosophique, tant il pensait sincèrement que Condé l'avait invité pour faire sa connaissance et entendre l'exposé de ses idées. Sa modestie désarma leur agressivité. Il leur jura qu'il n'était ni athée ni libertin. Tout ce qui circulait sur lui n'était que calomnie. Envers Descartes, il exhibait, se frappant la poitrine, sa dette indéfectible. Il devait tout au grand Français. Il aimait ces disputes intellectuelles, la liberté de pensée était pour lui absolue, et le pouvoir ne devait pas s'immiscer dans les querelles d'idées. C'est la raison pour laquelle il n'avait pas jugé opportun de raconter cet épisode de son voyage aux services du grand pensionnaire.

Avec les années, le philosophe avait perdu de sa naïveté, il évaluait mieux les situations. Devant ce manège, il avait choisi de garder le silence sur sa véritable philosophie. Pourtant il savait les faiblesses de l'œuvre de Descartes et ses incohérences. Elles provenaient de ce que Descartes avait tenu à rester un bon chrétien, à maintenir l'immortalité de l'âme, à proclamer la supériorité de l'être humain sur la nature, à professer la gloire de la volonté libre de l'homme qui lui donnait le pouvoir de dominer ses passions. Les graves erreurs de Descartes, il les dirait dans l'ouvrage auquel il était en train de travailler, dans son *Éthique*. Pas ici, pas à eux. Sa douceur et son apparente sincérité le servirent. Il leur parut innocent, ils admirent que, peut-être, ils s'étaient fourvoyés. Que faire désormais ? L'homme était sympathique certes, mais ils ne pouvaient pas renoncer à la lutte, tant leur avenir était en cause. Il fallait la mener différemment.

Van Velthuysen n'était pas de cet avis, sans doute, parce qu'il était le plus indépendant d'entre eux et n'avait de comptes à rendre à personne. Séduit, il souhaitait continuer le dialogue. Plusieurs fois Spinoza le reçut chez lui, une amitié naquit. Spinoza appréciait sa grande perspicacité. Jamais l'ennui ne lui venait lorsqu'ils échangeaient sur Dieu, sur la religion, sur la liberté de l'homme. Spinoza avait beaucoup apprécié la critique amicale qu'il lui avait faite de son *Traité théologico-politique*, si bien qu'il lui avait demandé de la mettre par écrit. Il s'était même engagé à lui répondre et à publier ensemble leurs échanges et le *Traité* dans une prochaine édition. Van Velthuysen ne se risqua pas et déclina la proposition.

Mais il adjura désormais ses collègues de laisser le grand homme en paix et de s'abstenir d'alimenter la cabale.

Graevius qui s'en voulait de s'être laissé attendrir ne partageait pas cette opinion. Sa forte personnalité et sa détermination vengeresse entraînèrent les autres. Malgré sa méfiance, il avait déjà rencontré Spinoza il y a une dizaine d'années, alors que, philologue, il cherchait à mieux comprendre l'hébreu pour pouvoir étudier la Bible. Spinoza l'avait fort civilement renseigné. Depuis la mort de Menasseh ben Israel, c'était le seul à pouvoir répondre correctement aux questions que les érudits non juifs se posaient sur la signification des termes hébraïques. Graevius avait noué une relation d'intérêt dissimulée sous couvert d'admiration. Ils avaient échangé quelques propos sur la Bible. Il en fut glacé. Il avait compris la qualité de l'homme, et le danger mortel qu'il représentait. Il l'avait compris mieux que quiconque. Personne ne pourrait jamais le convaincre du contraire.

À la recherche d'une manœuvre pour le confondre, il se souvint alors d'un événement qui l'avait beaucoup marqué. C'était en novembre 1667, six ans auparavant. Son ami Frans Burman comptait parmi ses étudiants un jeune homme fort intéressant. Alors qu'il enseignait la théologie, celui-ci était venu l'interroger à la fin d'un cours sur un point de doctrine qu'il n'avait pas bien compris. Il avait décliné son identité au professeur : Johannes Casearius, et lui avait déclaré, comme preuve de son sérieux, avoir déjà étudié la philosophie cartésienne auprès de Spinoza. Burman avait fait parler ce jeune homme au passé peu ordinaire. Il se plaignait de son ancien maître qui le trouvait trop immature, qui, le plus souvent, ne lui répondait pas quand il lui demandait ses propres opinions et non plus celles de Descartes. Il avait fini par se convaincre que Spinoza utilisait les cours particuliers qu'il lui donnait pour écrire un ouvrage d'explication de la philosophie cartésienne sans même l'en prévenir et l'avait ainsi suborné. Avec le recul, le jeune homme n'avait vu dans ces deux années de compagnonnage qu'une relation d'affaires... Lorsqu'il était retourné voir Spinoza pour s'expliquer avec lui, il l'avait seulement renvoyé à son statut d'élève médiocre. Ce jeune homme était précieux dans le combat qui s'annonçait. Burman l'avait alors introduit auprès de Graevius. Celui-ci avait enregistré les douloureux griefs de l'élève éconduit qui, blessé et devenu pasteur, choisit de s'exiler en Inde occidentale, dans la colonie hollandaise du Malabar.

Désemparé par la volte-face de van Velthuysen, qui le privait d'un soutien de poids, Graevius se remémorait cette rencontre avec délectation. Le jeune homme lui était paru toutefois un peu fragile ; il fallait s'en méfier. La fréquentation de Spinoza l'avait sûrement ébranlé. Mais Casearius pouvait lui être utile aujourd'hui. Il lui écrivit. Il lui demandait s'il se souvenait de lui, ce qu'il devenait, comment son activité missionnaire avait progressé et ce qu'il pensait du nouveau livre sur la religion et la politique de son ancien maître qu'il joignait à cette lettre. Quatre mois après, il reçut une réponse enflammée.

Cher Maître,

J'ai gardé un excellent souvenir de notre rencontre. Je vous remercie de l'attention que vous me témoignez en me faisant parvenir ce Traité théologico-politique. *Votre sollicitude me fait du bien. J'ai eu du mal à m'habituer à ma nouvelle vie. Ce qui est le plus dur, c'est le climat, l'humidité torride, la chaleur suffocante, et toutes les maladies dont il faut se prémunir. J'espère que j'y arriverai. Je n'en suis pas sûr. Il m'arrive parfois de frissonner. Mais la nature est belle, si belle. Je n'avais pas imaginé une telle beauté. Je me suis mis à étudier la botanique. J'ai fait la connaissance du grand professeur van Rheede. C'est le gouverneur du Malabar, un administrateur de la Compagnie et un grand naturaliste. C'est surtout un homme honnête. Nous recensons, avec toute son équipe, plusieurs centaines d'espèces. Il m'a proposé de m'associer à son grand ouvrage sur la flore dans la région et de le traduire en latin. Ce sera le* Hortus Malabaricus. *Je suis sûr qu'il tiendra parole et que mon nom figurera à côté du sien. Pas comme ce fieffé Spinoza qui m'a utilisé. Son* Traité *que vous m'avez envoyé m'a fait vomir. Dire que j'ai partagé la chambre de cet homme. Jamais je n'aurais pensé qu'il pourrait raconter autant de folies et de bêtises. Il est devenu enragé. C'est un criminel. Il détruit tout ce qui fait nos sociétés. Or, grâce à Descartes, nous avons commencé à changer notre rapport à la religion, pour qu'il soit plus paisible, plus tolérant, en veillant à ce que la théologie et la politique soient séparées, en veillant à ce que chacun en matière profane puisse chercher par lui-même la vérité, sans être jugé, sans être embrigadé. Spinoza va nous nuire, en faisant croire que c'est à lui que Descartes conduit.*

Hélas, je peux vous dire qu'il ne s'arrêtera pas en si bon chemin. Il ira au bout de ce qu'il croit vrai.

Si seulement je pouvais vous être utile… mais je suis bien loin et sans grand pouvoir.

Que le Seigneur vous bénisse et vous garde, cher Professeur.

Votre dévoué
Johannes Casearius
Pasteur et botaniste près la colonie du Malabar

Quelques mois plus tard, à la fin de l'année 1675, Graevius reçut une nouvelle missive dans laquelle Casearius l'informait de sa maladie. Il avait attrapé un mal tropical inconnu et souffrait de fortes fièvres. Au Malabar, malgré les efforts de la Compagnie des Indes, il était quasiment impossible de le soigner.

Graevius saisit l'opportunité. Il lui rappela qu'il y avait de nombreux médecins à Utrecht, qu'assurément le grand Regius accepterait de s'occuper de lui, malgré ses démêlés avec Descartes. Sinon il lui en trouverait d'autres. Casearius se laissa convaincre. Il prit le bateau. À l'été 1676, Graevius l'attendait sur le quai à Amsterdam.

Il trouva en face de lui un homme vieilli, amaigri, au visage émacié. Il le conduisit dans une petite pension qu'il avait réservée à côté de chez lui. Regius vint l'ausculter et fit un rapport à Graevius, d'où il résultait que Casearius était bien malade, qu'il fallait lui administrer chaque jour une saignée, le baigner dans du camphre, mais que si cela ne freinait pas rapidement l'avancée de la maladie, il ne pourrait malheureusement rien faire de plus. Il recommandait de ne le nourrir que de bouillon et de pain.

Le lendemain soir, Graevius frappa à la porte de la pension où Casearius séjournait. Personne ne répondit. Il entra et entendit de profonds râles. Il s'approcha. Caesarius délirait, tenait à haute voix des propos plus ou moins intelligibles, dans lesquels revenaient le mot « couteau » et d'autres plus violents. Graevius fit demi-tour et revint au matin. Cette fois-ci Casearius lui ouvrit. Les longues heures de sommeil l'avaient reposé. Il l'invita à s'asseoir.

— Alors, comment vous sentez-vous ?

— Je ne sens rien. C'est ce qui m'inquiète.

— Au moins vous ne sentez pas la mort qui vient. C'est déjà cela, fit-il avec une pointe d'humour. Cela veut dire que vous allez mieux. Hier soir je suis entré, vous poussiez des cris…

— Comment cela ? Vous me faites peur.

— Mais c'est vous qui m'avez effrayé. Vous hurliez : « Un couteau, un couteau, je vais le tuer. »

Casearius baissa les yeux. En un éclair, il comprit pourquoi il avait prononcé ces mots.

— Vous le savez, j'ai passé deux ans chez Bento Spinoza à l'écouter m'expliquer Descartes. De sa philosophie à lui, je n'ai rien pu savoir. Chaque fois que je lui posais des questions sur ce qu'il pensait, il me répondait que ce n'était pas le contrat que nous avions passé ensemble.

— Mais, l'interrompit Graevius pendant qu'il reprenait son souffle, comment faisiez-vous aux soupers ? Vous deviez bien parler d'autre chose ?

— Vous avez raison. Il avait accepté au fur et à mesure de partager des fragments de son passé à la synagogue. Il détestait les rabbins et tous les ecclésiastiques, qu'il trouvait misérables. Quitter les Juifs ne s'était pas fait sans heurts, ils l'avaient exclu de leur communauté. Il m'avait raconté qu'il avait reçu un coup de couteau qui avait manqué de le tuer.

Graevius tenait son homme. Il le regarda droit dans les yeux et choisit de le déstabiliser pour voir ce dont il était capable.

— Vous iriez jusqu'à l'éliminer ? C'était cela votre rêve ?

Casearius ne répondit pas. Ce qu'il venait d'entendre le fit frémir. Lui, tuer quelqu'un ? Il le regarda puis ferma les yeux. Il se leva, se dirigea vers son lit et s'allongea.

— Alors ? (Graevius parlait lentement, et avec gravité.)

— Alors, alors..., je ne sais. Je le hais et l'aime tout en même temps. Mon âme fluctue. J'ai un mauvais souvenir de mon séjour chez lui. Des mois d'humiliation. Mais il m'a fait entrevoir ce que c'était que penser. Tous ceux avec lesquels j'avais de bonnes relations dans le cercle autour de van den Enden l'adoraient. Au contraire, à Cochin, j'ai rencontré des pasteurs qui s'en méfiaient et qui semblaient le détester. Et là j'ai devant moi un grand professeur qui m'aide, m'aime, et qui n'a pas l'air de l'apprécier non plus. Avec vous et ces pasteurs, j'ai beaucoup en commun. Votre haine renforce la mienne, mais mon amour pour lui est tout aussi réel. Je lui reste redevable.

Graevius se raidit, Casearius lui échappait.

— Vous êtes un indécis. Vous me rappelez cet âne de Buridan qui avait à sa droite un seau d'avoine et à sa gauche un seau d'eau. Ayant autant soif que faim, il hésita tant qu'il se laissa mourir. Prenez garde, cela pourrait vous arriver…

Casearius restait muet. Il se remit à claquer des dents et à frissonner de nouveau. Graevius comprit que ce n'était pas le moment d'insister. Dans l'embarras, il sortit et décida de laisser le destin s'accomplir sans plus solliciter Casearius. Quelques jours plus tard, ce dernier frappa à sa porte. Il parlait d'une voix apaisée. Son cas était grave, il avait résolu de passer ses dernières années avec les siens. Graevius s'inquiéta.

— C'est une sage décision. Sans doute aurais-je pris la même. Avez-vous prévu de régler vos comptes avec Spinoza ? Ne souhaitez-vous pas lui rendre une dernière visite pour partir serein ?

— Spinoza, laissez-le en paix, lui dit-il d'un ton calme, réfléchi et déterminé. Il n'est comme aucun de nous. Nous ne pouvons le comprendre. Non, je préfère mourir avec mes fidèles et mes proches du Malabar. Je vais rentrer. C'est là-bas que je veux me retirer. Là-bas dans cette nature, au milieu de ces fleurs, parmi ces odeurs qui annoncent le paradis.

Graevius était tout à la fois déçu et impressionné, l'approche de la mort démaquillait cet homme et le révélait pour le meilleur et pour le pire. Casearius avait de l'âme, c'était certain. Tout aussi certain que les cartésiens étaient plus que jamais menacés.

De retour en calèche, l'esprit de Graevius musardait. Il s'en voulait d'avoir naïvement imaginé convaincre un inconnu de porter un coup de couteau à Spinoza. Rien ne garantissait qu'il aurait réussi. Ce n'était pas une mince affaire. Mais Casearius lui avait donné une idée avec sa passion de la botanique. Une fleur, ce pouvait une plante toxique, un poison. Et cela ferait bien mieux l'affaire. C'était plus facile à administrer et beaucoup moins dangereux.

VII.

Au bal des intrigants

Cher Monsieur Schuller,

Mon ami Gottfried Wilhelm Leibniz m'a indiqué que vous jouez un rôle précieux à ses côtés. Il m'a suggéré de vous écrire. J'ai en effet une affaire importante à résoudre, dont le dénouement intéresse l'avenir de notre pays. Je sais que vous avez le talent nécessaire pour la débrouiller et, j'en suis convaincu, la régler.

Je serai très heureux de vous rencontrer. Votre heure et votre lieu seront les miens.

Votre dévoué
Johannes Graevius
Professeur à l'Université d'Utrecht
Utrecht, le 18 août 1676

Schuller déplia la lettre. Il la lut et la relut avec avidité ; plus il la lisait, plus il se gonflait d'importance. Quel n'avait pas été le chemin parcouru ! Arrivé d'Allemagne à Leyde en 1668, à l'âge de dix-sept ans, sans relations, sans éducation, sans le sou, mais avec la volonté d'apprendre la médecine dans la plus célèbre université d'Europe, il pouvait à présent se vanter d'être au centre de la Hollande politique et savante. Ce Graevius sonnait à la bonne porte, se réjouissait-il. N'était-il pas devenu un proche de Jellesz, Meyer, Rieuwertsz, van Gent et Spinoza, connu pour être particulièrement exigeant en amitié ?

Il esquissa un sourire plein de mépris en pensant à ce brave van Gent, débonnaire, indulgent, pacifique, bienveillant, maître en latin et en traduction, copiste à l'écriture d'artiste, mais un naïf qui ne comprenait rien aux affaires du monde, long à la détente, toujours prêt à aider quand on le sollicitait, à l'entière disposition de l'éditeur Rieuwertsz, par exemple, quand celui-ci lui demandait de corriger le latin des uns, le néerlandais des autres, récents immigrés. Schuller avait rencontré van Gent à la fin des années 1660 : ils partageaient le même logis. Là, il avait rencontré un autre Allemand, tout juste arrivé lui aussi de son Allemagne natale pour y étudier le droit, Ehrenfried Walther von Tschirnhaus. Un homme d'un autre calibre. Après le droit, celui-ci s'était plongé dans les mathématiques, il avait travaillé sur la résolution des équations polynomiales de degré trois et quatre, il avait trouvé la formule de leurs solutions. Il s'essayait aussi à l'optique et fabriquait des lentilles de grand diamètre. Il s'intéressait à la médecine sur laquelle il écrivait beaucoup. Il s'était engagé dans l'armée de Hollande pour défendre son pays d'adoption contre les Français. Puis il avait mis cap sur la France.

Si Amsterdam était la capitale de la libre-pensée, Paris était la capitale de la science. C'est ici qu'il avait rencontré Leibniz et Huygens, le génie de l'optique. Cette science attisait la curiosité d'un grand nombre de savants : l'infiniment grand hantait les esprits. Était-on seul dans l'univers ? Existait-il d'autres mondes ? On se doutait qu'il en existait aussi un autre, celui de l'infiniment petit. Ces deux mondes effrayaient. L'optique pouvait rassurer ceux qui y comprenaient quelque chose, car c'étaient des équations, des formules, des angles et des courbures à calculer, des coniques à tracer. Les opticiens étaient des dompteurs de lumière. Mais ils n'étaient pas que des esprits abstraits. Comprendre la mécanique du ciel ou de l'organisme ne leur suffisait pas. Ils voulaient expérimenter, vérifier, contrôler. Ils se transformaient alors en ingénieurs. Ils fabriquaient, sculptaient dans le verre ce qu'ils avaient perçu ou imaginé. Il n'y avait pas d'opposition entre la main et l'esprit.

Parmi les théoriciens, Huygens était l'astre dominant. Pour la pratique, il pouvait compter sur l'aide de son frère, resté en Hollande, et sur Bento Spinoza, rencontré lors d'une des grandes épidémies de peste qui avaient frappé la Hollande. Il s'était réfugié à Voorburg dans la grande propriété familiale et avait fait la connaissance d'un voisin peu ordinaire, « l'israélite » comme il le nommait avec une pointe de dédain. Une féroce jalousie le disputait à l'estime : l'israélite le dépassait en ingéniosité technique, son tour de main était bien meilleur et de loin. Spinoza l'avait compris, cet homme ne pourrait devenir ni un ami ni même un proche, trop d'intérêts étaient en jeu.

Leibniz s'était lui aussi essayé à l'optique, comme à tant d'autres choses. Il avait emmagasiné un savoir encyclopédique inégalé, et il émanait de sa personne des prétentions mégalomaniaques à couper le souffle. Ainsi rêvait-il d'établir la paix en Europe, belle audace ou déraisonnable naïveté devant ce champ de bataille sanglant. Il avait cherché à convaincre Louis XIV de renoncer à ses ambitions européennes, et de jeter son dévolu sur le reste du monde, sur l'Égypte et sur l'Inde ; il ne fit que sourire. Qu'à cela ne tienne ! Il chercherait à convaincre d'autres princes, d'autres rois et toute l'élite intellectuelle pour que celle-ci devienne le porte-étendard de la paix européenne et mondiale – et donc, de son propre génie. Pour que les hommes cessent de se déchirer, il avait eu l'idée de créer une langue universelle, véritable algèbre des pensées qui s'enchaîneraient les unes aux autres sans malentendu, sans haine, sans conflit. Alors Leibniz aurait délivré l'humanité de la malédiction de Babel, il aurait continué l'œuvre de Dieu, les savoirs se réuniraient, on ne se disputerait plus, et la paix perpétuelle pourrait s'instaurer.

Ce n'était pas la paix des braves qu'il poursuivait, mais la paix chrétienne, car hors de l'Église point de salut. Réunir les hommes sous l'ombrelle d'un christianisme universel et réunifié lui tenait lieu de perspective. Rapprocher catholicisme et protestantisme constituait son horizon monumental. Tout chez lui devait être jugé à l'aune de la réconciliation des chrétiens et du combat contre les athées. Et si le drapeau du preux chevalier Leibniz portait haut la croix d'un christianisme réunifié, Spinoza commençait à l'obséder – c'était un adversaire redoutable. À l'évidence.

Avant d'arriver à Paris, Leibniz lui avait déjà écrit de nombreuses lettres. La première, au prétexte d'une découverte qu'il était censé avoir faite avec ses fameuses lentilles pandoches, voulait lui montrer qu'ils jouaient dans la même cour. Impressionné par son talent, Spinoza ne put toutefois lui donner quittance : ses lentilles n'avaient pas les vertus qu'il leur prêtait. Leibniz n'en fut pas froissé, malgré le tranchant de la réponse. Drapé dans la tunique immaculée du savant désintéressé, il cherchait à nouer relation ; il y parvint, convainquit son interlocuteur de la rectitude de ses intentions. Il le fit parler en confiance de son *Traité théologico-politique*, dont Spinoza lui envoya un exemplaire, ravi de ces échanges. Son nouveau correspondant l'interrogeait et le poussait dans ses retranchements, mais toujours avec une exquise courtoisie, mélange d'obséquiosité et d'interrogations sincèrement intéressées. Parfois il allait tellement dans le sens de Spinoza que celui-ci se laissait aller à lui parler en toute franchise. On aurait pu prendre Leibniz pour un de ses disciples quand, au même moment, tel Janus, il disait le plus grand mal du sage de La Haye à ses amis très chrétiens.

Leur correspondance s'était interrompue lorsqu'il était arrivé à Paris. Engouffré tout entier dans les mathématiques où il avait fait de singulières découvertes, Leibniz n'avait alors plus donné de signes de vie à Spinoza. La gloire et la reconnaissance de l'univers s'approchaient de sa personne, il était bien parti pour que son intelligence domine le monde. Pour s'assurer l'amitié de tous, il avait développé une vision bien à lui des relations humaines : en tout homme il y a une part de vrai, chacun constitue un point de vue sur le monde, un angle solide, qui contient une certaine vérité. Ainsi, il prétendait aimer tous les hommes, et le monde était aussi harmonieux qu'il pouvait l'être. Auréolé de sa science, il imaginait que prélats, peuples et rois lui rendraient un insigne hommage pour sa contribution à la paix universelle. Terre, prépare-toi à recevoir Leibniz, rejeton de Luther et de Galilée. Il était au-dessus de tous – ou presque, craignait-il obscurément.

Il avait jaugé l'adversaire. Le monde aurait à choisir entre eux. Seul capable de rivaliser avec lui, Spinoza était difficile à réfuter. Excitant sa curiosité, Tschirnhaus, qui était devenu une de ses connaissances, lui avait rapporté à Paris que, depuis sa critique sévère de la religion, le Hollandais avait élaboré un grand ouvrage sur l'homme et la liberté, encore plus menaçant pour l'ordre et la religion que le *Traité théologico-politique*. Il fallait qu'il reprenne rapidement contact avec lui. Il n'eut de cesse d'en entretenir Tschirnhaus qui l'avait déjà rencontré en chair et en os, et auquel Spinoza avait remis des chapitres entiers de son *Éthique*. Cela excitait la curiosité de Leibniz d'autant que son compatriote refusait de céder à ses demandes et de lui en montrer des extraits. Spinoza avait interdit toute communication de cette œuvre qu'il savait explosive. Leibniz, ce nomade qui passait son temps à fréquenter les grands de ce monde pour leur exposer comment conduire leur politique et qui ne lui avait plus donné de nouvelles, avait fini par l'indisposer. Que faisait-il à Paris ? Il aimait trop le pouvoir et les honneurs. Spinoza valorisait la clarté, l'humilité et la transparence ; Leibniz se drapait dans l'intrigue et l'équivoque. Ses intentions lui paraissaient trop opaques pour qu'il pût désormais lui confier le témoignage amical de ses œuvres.

Tschirnhaus correspondait avec le maître de La Haye par l'intermédiaire de Schuller, en poste restante. L'amitié entre ces deux derniers demeurait mystérieuse. Pourquoi Spinoza lui donnait-il du « cher ami honoré » ? Pourquoi Schuller se faisait-il passer pour son confident auprès de ses amis parisiens et était-il arrivé à les convaincre d'être leur messager auprès du philosophe ?

Schuller était un homme rare. Il avait commencé par étudier la médecine, puis peu convaincu, avait jeté son dévolu sur l'alchimie. Celle-ci n'avait pas à l'époque une image négative : là où la chimie se cantonnait à la production de présumés médicaments pour la pharmacie, l'alchimie se voulait une science, celle de la transformation des métaux. Comme les végétaux, on pensait alors que ceux-ci étaient animés par un principe de vie, une forme, une qualité substantielle, occulte, une semence selon les opinions des scolastiques aristotéliciens. Grâce à cette semence, les métaux se développaient comme les arbres et les feuilles, et se transformaient. L'identifier, en connaître le principe de développement pour transmuter les métaux vils, plomb, zinc, nickel, aluminium, fer, en or ou en argent, voilà quel était le but suprême des alchimistes.

Spinoza s'était intéressé de près à ces expériences de transmutation. Il s'était passionné pour les recherches du grand Boyle, exceptionnel homme de science, expérimentateur inouï, avec lequel il avait échangé une correspondance nourrie. Il s'était passionné pour les propriétés de ce corps composé qu'était le salpêtre, et pour sa désintégration et sa réintégration. Il s'interrogeait sur les conditions de fluidité et de solidité des métaux. Comment se transformaient-ils ? Comment même penser qu'ils pouvaient se transformer ? Par une action interne ? Par l'action de causes extérieures ? Ces processus de transformation s'appliquaient-ils eux aussi aux êtres humains ? Il n'en doutait pas, son propre chemin le prouvait : il avait beaucoup changé depuis les bancs du Talmud Torah. Et s'il l'avait fait, d'autres l'avaient fait également. Il faut beaucoup d'années à un homme pour changer sa manière d'être et d'interagir avec le monde. Bien plus que pour le salpêtre... Mais l'homme est le corps le plus composé qui se puisse imaginer. Son ambition était de proposer un guide pour que tout un chacun se transforme et marche vers la vraie liberté, la béatitude et le salut. En alchimiste il cherchait l'or du cœur et de la raison.

L'alchimie prétendait par ailleurs soigner. Schuller avait raconté à Spinoza le cas de malades qu'il avait sauvés par l'ingestion d'une solution contenant un peu d'or dissous qu'il avait distillé dans sa cornue de laboratoire. Absorbé dans ses manœuvres expérimentales, il en parlait avec autant de componction que de sérieux. Druide moderne, il avait beaucoup lu, peu compris, juste assez pour faire semblant et convaincre les moins perspicaces. Comme tous les alchimistes, il était un peu médecin, un peu ingénieur, un peu astrologue, mais aussi un peu empoisonneur, et un peu escroc.

Leibniz avait soupesé le pour et le contre dans la relation qu'il était en train d'établir avec Schuller. Il avait fréquenté des alchimistes dans son Allemagne natale, à Nuremberg, il avait même été membre de la société des alchimistes de la ville, il en avait été passionné. Il en voyait certes les limites. Mais il ne fallait pas injurier l'avenir, il ne nourrirait avec Schuller qu'une relation épistolaire sans risque. Il ne perdrait rien à faire son éloge pour l'amadouer et l'enrôler à son service. Il avait besoin de lui pour se rapprocher de l'auteur du *Traité théologico-politique* et comprendre ce qui se tramait dans son cercle de dangereux rebelles.

Quant à Spinoza, à considérer son caractère, c'était bien plus surprenant. Schuller s'était introduit dans son groupe d'amis grâce à van Gent. Il lui avait parlé de son intérêt pour les nouveautés de l'esprit, avait offert d'être son intermédiaire auprès des savants qui avaient fait le choix du séjour à Paris, notamment des Allemands qui parlaient sa langue. Spinoza tenait à conserver et développer sa relation avec Tschirnhaus qui l'avait impressionné par la perspicacité de ses remarques et qui l'invitait à nouer une relation d'intimité avec Leibniz. Spinoza avait fait le choix, par commodité, de l'avoir comme intermédiaire. Mais Schuller ne se contentait pas d'être le facteur, la poste restante pour tous ces hommes qui voyageaient, et que l'on trouvait un jour à Paris, un jour à Rome, un jour à Londres, un jour à Amsterdam, un jour ailleurs. Il copiait les lettres que Spinoza lui remettait ou qu'il recevait pour son compte, les méditait et, à sa façon superficielle, en répétant un peu comme un perroquet ce qu'il comprenait vaguement à droite, vaguement à gauche, il se faisait philosophe, s'associait aux débats, faisait mine de participer à l'avancée des discussions. À chaque lettre, avec des formules pompeuses d'une servile obséquiosité, il s'excusait auprès du maître de ne pouvoir lui écrire plus souvent. Schuller lui rendait visite et discutait philosophie, sagesse, science, domaines auxquels il n'entendait goutte. Quel intérêt Bento Spinoza pouvait-il trouver à sa compagnie?

La vie se déroule selon sa logique, simple et élémentaire, à rebours de la complexité qu'on s'ingénie à lui prêter. Outre son rôle de facteur, Schuller faisait office de médecin de proximité, plus dégourdi que tous ceux que Spinoza avait jusqu'alors rencontrés. Sa maladie gagnait du terrain. Tout ce qui lui avait été administré avait été bien inefficace. Il lui fallait chercher de nouveaux remèdes et prendre le risque de les essayer. Se sachant diminué, il n'avait rien à perdre. Schuller s'était récemment précipité chez lui à La Haye et lui avait assuré avoir transmuté l'antimoine: de l'or était apparu à la surface du métal. Spinoza lui répondit que de l'or qui jonchait çà et là les paillasses avait, sans doute et par inadvertance, adhéré. Mais, s'il n'avait pas été convaincu, il encourageait Schuller à continuer ses recherches. Peut-être un jour trouverait-il quelque chose. Le sage était heureux d'avoir à ses côtés quelqu'un d'aussi entreprenant, urbain et prévenant.

Cette relation avait un dernier avantage : elle assurait à ses œuvres une diffusion à l'étranger. Schuller parlait beaucoup et, s'enorgueillissant d'être un de ses proches, il se faisait son ambassadeur. Spinoza voulait que l'on connaisse ses idées, socles de la future paix civile et de la liberté de penser. Ce n'était pas un mince service que Schuller lui rendait en répandant ses principes et en lui servant d'informateur. Comment aurait-il fait pour se protéger du monde extérieur qui de toutes parts l'agonissait d'injures ? Schuller le rassurait et n'hésitait pas à le combler de cadeaux, comme le jour où il lui fit livrer une demi-tonne d'une bière que Spinoza affectionnait tout particulièrement.

Schuller buvait un peu, certes, mais il avait l'alcool sympathique, sa repartie joyeuse faisait rire le maître et le détendait. Ils fumaient ensemble la pipe en se promenant le long du canal. Il aimait à se dissimuler derrière ces volutes de fumée. Malgré leur proximité, il continuait à intriguer Spinoza.

En homme sage, celui-ci avait développé, à partir de sa propre expérience, une méthode pour mieux connaître ses interlocuteurs. Les hommes, disait-il, sont naturellement attirés par trois types de plaisirs : le sexe, l'argent, les honneurs. S'ils se contentaient d'en faire un usage modéré, tout serait pour le mieux. Mais le plaisir appelant toujours le plaisir, ils tombaient rapidement dans le piège de l'excès. Spinoza avait vécu ces tentations, il avait parcouru douloureusement ce cercle vicieux qui corrodait en profondeur, qui nous jetait le matin sur une affaire, nous faisait rechercher au déjeuner la compagnie d'un grand de ce monde, et nous projetait le soir dans une nouvelle alcôve. Ces plaisirs étant transitoires, passagers, périssables, l'on en exigeait toujours plus, l'on rivalisait pour en posséder les objets si limités en nombre que chacun voulait s'accaparer pour lui seul. Cette concurrence menait inexorablement au conflit. L'on succombait à la haine. Mais pourquoi voyait-on si mal l'impasse où conduisait cette vie sans doute excitante mais d'une triste monotonie ? Une vie où chacun de nous était déjà un mort-vivant, insignifiant et agité.

Dès sa jeunesse, Spinoza avait eu l'intuition que seule une vie placée sous le magistère de la raison conférait de la joie, mais une joie souveraine, continue, paisible et partageable. Une vie sans excès où l'on ne serait jamais déçu. Il s'était mis en route sur ce chemin escarpé que chacun pourrait emprunter pour être heureux. Il observait ses congénères avec acuité ; certains refusaient ce trajet, d'autres rebroussaient chemin, une minorité affrontait les difficultés et avançait avec prudence. Schuller, fin psychologue, sentait que Spinoza le scrutait, mais il avait bien compris comment opérait le compas intérieur du maître. Il était serein. Trop laid pour faire des conquêtes, il n'était pas intéressé par le sexe et était ainsi à l'abri de la lubricité qui en découlait. S'il avait plutôt du mal à joindre les deux bouts, il ne parlait jamais d'argent. De même, il ne cherchait pas non plus à séduire le pouvoir ni à se faire décorer d'insignifiants colifichets. Mais sa vanité demandait que les grands esprits et les grands inventeurs parlent de lui et le considèrent comme l'un des leurs. La vie de Schuller se résumait à cette ambition de gloire. Il était prêt à tout pour l'assouvir. Sa rencontre avec Spinoza lui avait fait entrevoir des satisfactions peu communes, comme un chasseur qui débusque sa plus belle proie.

Il faut accepter l'évidence. Il est des hommes qui ne sont pas aimables. Ce ne sont que des sacs d'obscurité, qu'ils espèrent transmuter en lumière, en alchimistes d'eux-mêmes. Ils font jabot et prononcent avec componction le nom de personnages en vue pour donner à penser qu'ils sont dans le secret des dieux. Ils se dirigent, et c'est souvent là qu'on les trouve, dans des métiers ambigus d'intermédiaire, d'entremetteur, de facilitateur, d'imprésario, de fondé de pouvoir, de courtisan, d'avocat, et tant d'autres, qui requièrent le don de la mondanité et du goût pour les idées et les discours, pour lesquels avoir des opinions arrêtées est une faute, toujours prêts à embrasser une nouveauté, à penser demain le contraire de ce qu'ils pensaient aujourd'hui, sans vergogne aucune. Des métiers qui peuvent aussi conduire au meilleur, parfois au pire.

Pour le meilleur, on trouvait Henry Oldenburg. Cet Allemand avait été appelé en Angleterre après des études de théologie pour être le précepteur d'enfants de familles nobles. Doté d'un entregent naturel, d'une inclination sincère pour la révolution scientifique, d'une dilection rare pour le raisonnement et la philosophie, il s'était introduit dans les cercles de Milton, de Boyle et de Hobbes. Polyglotte, il voyageait beaucoup à l'affût de la moindre nouveauté dans le monde des idées. Dans ses pérégrinations, il s'était constitué un dense réseau de correspondants – dont Marin Mersenne, l'ami de Descartes qui accueillait en France tout ce que le pays comptait d'intelligences, ou encore Spinoza avec lequel il s'était lié d'amitié. Il conservait leurs lettres, les copiait, les recopiait, les distribuait. Quand en 1660 avait été créée la *Royal Society of London for the Improvment of Natural Knowledge*, l'Académie des sciences britannique, il en devint naturellement le secrétaire général. Le génie européen se réfléchissait dans sa personne comme la lumière se concentrait dans le foyer de la lentille. Puis il le diffractait. Doué d'intentions pures, il ne cessait de mettre en contact tous ces savants par le biais de sa revue, *The Philosophical Transactions*, où toutes les découvertes étaient exposées pour être discutées. Cela pouvait le conduire près, parfois trop, d'esprits subversifs, ce qui catalysait la méfiance des autorités et lui avait valu un court séjour en prison. Mais l'homme voulait plus que tout servir sans se soucier de sa personne.

D'autres, dans les mêmes fonctions, prennent des chemins opposés et croiser le leur expose à la ruine. Tant ils ont pris l'habitude de séduire, de s'envelopper de clinquant, de ne consacrer leur talent qu'à se faire remarquer, qu'ils abusent le regard d'autrui. Ils n'ont de souci que pour leur réputation, et veulent qu'au bal des opinions on les admire. Dans cette valse incoercible qui toujours accélère, la tête leur tourne, ils perdent pied dans le réel. Drogués d'argent, ou d'honneurs, ou de sexe, ils ne se sentent plus de limites. Comme, à lui seul, chacun de ces champs de l'éphémère requiert une immense expertise et consume toute l'énergie, ils choisissent l'un d'eux sur lequel ils jettent leur dévolu selon leur appétence. Chacun n'est plus qu'un outil à la disposition de leur fringale de reconnaissance. Installés dans cette puissance factice, certains arrivent même à faire croire qu'ils exercent une influence sur le cours des choses. N'ayant pour seul atout que leurs turpitudes, ils savent les enrober dans un beau drap d'or pour les faire passer pour du talent. La pauvre gloire des paillettes et du fard masque trompeusement qu'ils sont des êtres vides, vils et veules. Mirliflore, dandy, muscadin, gandin, freluquet, godelureau, cupide, avare, rapace, mercenaire, amateur avide de breloques, de guipures ou de fanfreluches, de regards de personnages haut placés dans l'intimité desquels ils se sont introduits. Pour travestir les banalités les plus désarmantes de leurs propos, ils forcent l'assurance de leur ton. À défaut d'avoir le goût du vrai, de la précision, de l'opinion argumentée, ils ont le sens de la musique des mots dont la mélodie suffit à faire oublier leurs continuels mensonges. Ils savent en varier le rythme, rapide, saccadé, lent, majestueux, tragique. La petite culture qu'ils ont, ils la font dépasser de la poche de leur veste pour attirer le regard du crédule et porter beau. Des clowns en guerre contre tous pour capter l'attention, et qui n'hésitent pas à tirer dans le dos. Tant qu'on n'en a pas rencontré, on ne sait pas cela possible, c'est là leur force.

Quand Schuller avait ouvert la lettre de Graevius, il s'était redressé d'un coup sur sa chaise. Il jubilait. Il avait soudainement envie de le connaître. Comme cette demande d'entrevue s'effectuait sous les auspices de Leibniz, il n'avait rien à craindre. Il laissa passer un peu de temps avant de lui envoyer sa réponse, cherchant à faire croire qu'il était fort occupé, puis répondit qu'il était disposé à le rencontrer et à lui parler des plus hautes affaires de l'État. Toutefois il préférait ne pas l'en entretenir chez lui – son petit appartement, peu salubre, l'aurait desservi. Le 17 octobre 1676, Schuller pénétra dans le bureau de Graevius.

— Monsieur le professeur, je suis honoré de faire votre connaissance.

— C'est moi qui le suis, cher ami, Leibniz m'a dit tellement de bien de vous. Je me suis laissé dire que vous aviez dans notre pays de nobles amitiés. Des amitiés parfois étonnantes…

Schuller, d'un naturel méfiant, vit venir le renard face à lui.

— Étonnantes ? Je tiens à être un homme libre. Je rencontre qui je veux, où je veux. C'est cette liberté d'esprit qui permet de me compter parmi les esprits libres, avec Leibniz, que vous connaissez, Tschirnhaus, et… (Il s'interrompit.) Connaissez-vous mon ami Tschirnhaus ?

— Je vous dois la vérité, Leibniz m'en a parlé en des termes forts élogieux. Mais vous me parliez de vos connaissances, Leibniz, Tschirnhaus, et… ?

— Spinoza, même si je sais que son nom parfois indispose.

— Vous savez, je le connais moi aussi, répondit Graevius. Je l'ai rencontré il y a longtemps pour la traduction d'un passage en hébreu. C'est un ami à vous ?

Schuller, partagé entre orgueil et soupçon, répondit :

— Oui, on peut dire ça.

Graevius le regarda droit dans les yeux. Il se devait d'agir vite, aussi l'attaque allait être frontale.

— Un ami ? Comment peut-on se dire l'ami d'un homme qui a écrit des ouvrages aussi funestes pour le pays ? Vous n'avez pas lu son *Traité théologico-politique* ? Vous ne savez pas qu'il cherche à publier un livre encore plus terrible ?

— C'est de lui que vous voulez m'entretenir ? À cause de son livre ? Qu'est-ce qu'on y trouve de plus que la saine intention de nous libérer de ces prédicants, de ces horribles pasteurs qui nous empêchent de vivre ? Qui peut être contre ça ?

— Il fait une erreur capitale, vous vous trompez. Descartes est bien plus sage.

— En quoi ? l'interrompit-il.

— En ce qu'il a pris soin de ne pas attaquer les ecclésiastiques, ni la théologie d'ailleurs. Il a installé la raison, le calcul, la démonstration au cœur des sciences et du savoir, mais à condition de ne pas toucher à la religion. Ça, c'est un homme sage. Spinoza, lui, n'est qu'un fou, s'emporta Graevius.

— Vous vous trompez, professeur. Je le vois, je lui écris, il m'écrit, votre ami Leibniz lui écrit à travers moi. S'il était fou, je le saurais. Nous le saurions.

— Cet homme a la rage de la destruction. Ce qu'il écrit est pestilentiel.

— Pestilentiel ? Vous vous moquez ?

Graevius sortit la copie d'une lettre qu'il avait envoyée à Leibniz il y a quelques années et dans laquelle il lui avait écrit les mêmes mots qu'il venait de prononcer. Puis il lui montra la courte réponse de Leibniz :

J'ai lu le livre de Spinoza. Je suis attristé par le fait qu'un homme aussi érudit soit, semble-t-il, tombé aussi bas. La critique qu'il lance contre les livres saints trouve son fondement dans le Léviathan *de Hobbes, mais il n'est pas difficile de montrer qu'elle est souvent fautive. Les écrits de cette sorte tendent à saper la religion chrétienne, consolidée par le sang, la sueur et la vigilance des martyrs. Si seulement ils pouvaient inciter quelqu'un, qui serait l'égal de Spinoza en matière d'érudition mais supérieur à lui dans son respect du christianisme, à réfuter ses nombreux paralogismes.*

Schuller fut fort étonné, mais n'en laissa rien paraître. Pourquoi ce double discours de Leibniz ? Il ne lui avait jamais rien écrit de mal sur Spinoza, il l'encensait même dans ses lettres. Il y avait là quelque chose à démêler. Leibniz serait là début novembre, il le sonderait. En attendant, la situation s'annonçait dangereuse pour lui. Il laissa Graevius parler.

— Je vais vous dire ce qui me préoccupe, cher monsieur Schuller. Si Spinoza continue ses folies, nous sommes tous morts. Les orangistes ont gagné la partie. Nous sommes tous surveillés, vous l'êtes sans doute aussi, car ils nous suspectent d'être ses amis. Nous sommes tous, à leurs yeux, des cartésiens. Lui est tout seul, vous le savez bien, ce n'est donc pas à lui qu'ils s'en prendront mais à nous, car nous sommes nombreux et très implantés dans certaines universités et certains presbytères. Il y a parmi nous des pasteurs, mais libéraux, tolérants et sages. Pour nous éliminer, les prédicants et ce salaud de Voetius vociféreront comme des loups que nous sommes des cartésiens d'accord avec les critiques odieuses du cartésien Spinoza contre la religion, nous qui défendons une approche paisible du culte et de la Bible. Votre ami nous mène tous à la catastrophe.

Il fit une pause et le fixa du regard.

— Vous devez nous aider à le mettre hors d'état de nuire.

Schuller sentit ses jambes vaciller. Il ne comprenait pas s'il exagérait son discours pour l'influencer, ou s'il exprimait une conviction sincère. Il avait besoin de faire le point avec Leibniz pour savoir ce qu'il fallait penser de cet énergumène.

Graevius reprit.

— Si l'on ne fait rien, un jour proche, c'en sera fini de nos libertés et de la République. Il est temps de choisir votre camp.

VIII.

Duel au sommet

Le 25 novembre 1676, Leibniz poussa la porte des van der Spyck chez lesquels logeait Bento Spinoza. Il venait de séjourner quatre années à Paris, rêvant d'être à Louis XIV ce qu'Aristote avait été à l'empereur Alexandre. Il avait échoué, ainsi que celui qui lui avait confié cette mission secrète, le prince-électeur de Mayence. N'ayant pas réussi à devenir un agent double, il se contenta de renseigner son mandant sur la vie à Paris et sur la probabilité qu'avait Louis de perdre la guerre de Hollande. Il en profita pour se baigner dans le nouveau savoir et se constituer un puissant réseau de relations. Avec méthode et habileté, il se plaça au cœur de la science européenne bourgeonnante qui avait élu domicile à Paris. Leibniz impressionnait tous ceux qu'il rencontrait : il savait tout et pensait plus vite que tous.

Il s'éprit des mathématiques et leur fit faire un bond de géant. Il découvrit le calcul infinitésimal et démontra qu'une addition sans fin de certains nombres ne produisait pas un résultat infini. Si l'on ajoute à une demi-bouteille un quart de bouteille, puis un huitième, puis un seizième et ainsi de suite, la bouteille ne débordera jamais.

L'homme savait aussi lever le nez des équations et des calculs. Là où les hommes s'arrêtaient dans leurs raisonnements, lui, visionnaire, n'avait pas peur de les prolonger à l'infini. Il avait appris, dans son petit appartement de la rue Garancière, en plein centre de Paris, que Turenne avait ravagé avec une abjecte cruauté les terres de son protecteur allemand, et compris que ce dernier ne s'en relèverait pas. Celui-ci mourut peu après. Voici qu'il devait changer de maison ; il jugea prudent de se mettre à l'abri de la *furia francese*, et de chercher refuge plus à l'est du Rhin que Louis risquait moins de mettre à sac. Plusieurs princes allemands le demandaient. Il jeta son dévolu sur la maison de Hanovre. Le bon duc Jean-Frédéric de Brunswick-Calenberg le nomma bibliothécaire du duché. Ce poste d'observation qui lui donnait accès au savoir contemporain et à la marche du monde lui permettrait de devenir conseiller diplomatique à temps plein ; il en rêvait depuis longtemps. À Paris, Leibniz s'était forgé des convictions politiques après son échec auprès du Roi-Soleil. Il comptait désormais les mettre en œuvre. Qui d'autre que lui pour réconcilier les chrétiens et les principautés de cet empire d'Allemagne mal en point depuis que les troupes françaises l'avaient saccagé en s'acheminant vers la Hollande ? Qui d'autre que lui pour établir la paix définitive entre les nations d'Europe ? Il avait inventé les mathématiques de l'infini, la topologie, l'arithmétique financière, avait jeté les bases de la théorie des jeux, de la logique formelle et du calcul des probabilités – sans compter ses contributions au droit, à la philosophie et à la médecine. Le géant des sciences se voulait désormais apôtre de la paix.

Avant de débuter sa nouvelle vie dans le Hanovre, il fit un dernier voyage pour régler quelques comptes avec ceux qui lui disputaient encore sa gloire. Lors d'une petite halte à Londres, il retrouva Oldenburg, auquel Tschirnhaus l'avait chaleureusement recommandé. Là, Leibniz espérait obtenir son soutien pour mettre un terme aux polémiques sur la paternité de la découverte du calcul infinitésimal. Sa méthode n'avait rien à voir avec celle de Newton, c'était bien la preuve qu'il n'était pas un voleur. Mais Oldenburg intéressait Leibniz à un autre titre. Tschirnhaus lui avait indiqué qu'il était très proche de Spinoza, qu'il avait été certes décontenancé par son *Traité théologico-politique* mais qu'il lui conservait toute son estime. Jusqu'alors Leibniz avait rivalisé avec tous les savants de son temps, il avait touché à tous les savoirs, il ne doutait pas un instant que son nom serait connu et admiré par la postérité. En métaphysique également, il pensait avoir assez ferraillé avec la pensée de Descartes qui conduisait à l'athéisme et lui avoir réglé son compte. Spinoza ne cessait de lui paraître autrement coriace.

Il s'entendit à merveille avec Oldenburg, qui lui narra ses visites en Hollande et ses rencontres avec son ami. Malgré leurs divergences, Oldenburg ne tarissait pas d'éloges. Leibniz garda par-devers lui ses réserves, comme il en avait l'habitude, et fit mine d'abonder dans son sens, dressant même l'éloge du Juif hollandais. Cela persuada Oldenburg qu'il pouvait partager les trois dernières lettres que Spinoza lui avait envoyées et qui concernaient l'épineux *Traité théologico-politique*. Oldenburg n'était pas parvenu pas à faire venir à résipiscence Spinoza qui avait passé à la paille de fer la divinité de Jésus et les miracles, et qui s'en prenait aux prêtres et pasteurs avec le vitriol de l'ironie. Séance tenante, il lui écrivit une lettre qu'il remit à Leibniz, dans laquelle il lui recommandait chaleureusement sa nouvelle connaissance. Muni de ce précieux passeport qui valait mieux que toutes les lettres de créance, Leibniz prit le bateau et se dirigea vers la Hollande. Il y passa la fin de l'année 1676.

Leibniz s'était préparé depuis de longues années à cette entrevue. Il savait au plus profond de lui-même qu'il avait là rendez-vous avec son destin. S'il ne terrassait pas son plus brillant ennemi, son seul véritable contradicteur, tout ce à quoi il croyait, tout ce pour quoi il militait s'effondrerait comme un château de cartes. Et lui avec. Les rencontres philosophiques l'avaient certes toujours galvanisé ; c'était l'un des plus grands. Il faisait son miel de tous les systèmes de pensée pour élaborer le sien. Aristote, Platon, Thomas d'Aquin, Descartes, et tous les autres lui paraissaient chaque fois dessiner des perspectives remarquables. Mais sur Spinoza, il butait ; il ne parvenait pas à l'intégrer au déploiement centrifuge de ses idées ni même à bien comprendre son point de vue, ni sa fécondité. Spinoza, pour lui, c'était l'autre, l'étranger. La religion, Dieu, la politique, la morale, l'ordre des sociétés, tout ce qui comptait les séparait. Pis, lui qui aimait tant se mesurer aux autres et qui les dominait, il craignait cette fois de tomber sur plus fort que lui. Il maîtrisait comme personne l'art de la manipulation et pratiquait pour l'emporter sur ses interlocuteurs sa petite politique, inséparable de la grande : penser une chose, en dire une autre, en faire une troisième. S'il s'était montré enjôleur dans ses lettres au maître hollandais, il avait cherché dans toute l'Europe celui qui, maîtrisant l'hébreu, pourrait réfuter le *Traité théologico-politique.* Il avait fini par dénicher la perle rare : le Français Pierre-Daniel Huet, qui se sentait l'âme d'un croisé et avait conçu, sous le déguisement de la science théologique, un véritable pamphlet. Leibniz l'avait conseillé et il était très heureux du résultat de cette belle *Demonstratio evangelica.*

Dans les brumes obscures de la mer du Nord, il voguait vers la Hollande, déterminé et pensif, en proie à un début de mélancolie qu'il noyait dans le souvenir actif de ses discussions avec Tschirnhaus. Il avait obtenu de celui-ci de précieuses informations sur l'*Éthique*, il avait vu mieux que quiconque la pente dangereuse sur laquelle Spinoza engageait le monde. Au bout de cette folle glissade, la fin du christianisme, la fin de la morale et la fin de la « Police », comme il disait. Spinoza avait donné un corps articulé et philosophique à toutes les idées libertines et athées qui ciblaient le Dieu des chrétiens et l'ordre social qu'Il avait établi. Or, de ce monde chrétien, il voulait le triomphe, car c'était le monde le plus harmonieux possible – bien sûr, le mal existait, bien sûr, le monde connaissait des convulsions sanglantes, mais dans sa globalité, il n'y avait pas mieux. La mission qu'il s'était fixée lui paraissait aussi nécessaire, salutaire et implacable que les lois sur la chute des corps.

Deux plaques tectoniques, deux continents philosophiques se faisaient donc face et menaçaient d'entrer en collision. Leibniz, qui n'aimait ni le bruit ni la fureur, renonça à une attaque frontale et décida de négocier avec l'habileté dont il était coutumier : il lui rendrait visite pour feindre de trouver un accord entre eux qui le neutraliserait de sorte à l'empêcher de faire ombrage à sa propre gloire.

Arrivé aux Provinces-Unies, Leibniz prit soin de ne pas se rendre immédiatement chez Spinoza. Il commença par faire ce qu'il aimait : du renseignement.

Il mit ses réseaux à l'œuvre. Ceux-ci le conduisirent dans le bureau de Fagel sur lequel il avait jeté son dévolu, bien plus que sur Guillaume III. Il avait appris à se méfier des souverains dans la fleur de l'âge, comme il en avait fait l'amère expérience avec Louis XIV. Les échos qu'il avait eus sur le grand pensionnaire étaient excellents : un homme d'honneur, et, sans doute, un sage. Il s'attacha à le rassurer sur sa présence en terre batave ; il n'avait franchi la mer en venant de Londres que pour propager les nouvelles découvertes de la science, dont il était l'un des acteurs, et, surtout, pour travailler à la paix du continent. Il admirait les Provinces-Unies si tolérantes. Il lui assurait que ses idées et son talent, car il n'était pas avare de petits compliments sur lui dans la conversation avec autrui, dissuaderaient les princes de l'Europe de poursuivre leurs guerres. Bien sûr, il était lucide, cela ne se ferait pas sans un profond changement : il fallait réduire les différences entre les confessions chrétiennes et unifier le christianisme. Aussi n'y aurait-il eu plus d'ennemis en son sein, et comme tous les hommes étaient chrétiens, ne pouvant plus être adversaires, ils ne se feraient plus la guerre. *Quod erat demonstrandum*, lui avait-il lancé. Fagel n'avait pipé mot. Devant le mutisme de son interlocuteur, il résolut de s'enhardir. Il prononça alors le nom maudit.

Fagel inclina la tête et esquissa un timide sourire. Leibniz interpréta la détente du visage du grand pensionnaire comme un acquiescement. Fagel faisait *in petto* le compte des belligérants que Spinoza suscitait : ce dernier ne valait pas une messe, mais il était manifeste que le flot hostile grossissait. S'il avait jugé que Guillaume III et lui n'avaient pas à inscrire Spinoza au menu de leur politique, en revanche il n'était pas opposé à ce que d'autres agissent à leur guise et endossent cette besogne. En tout personnage politique, toujours Pilate sommeille.

Il lui souffla alors le nom de Pereyra qu'il lui conseilla de rencontrer. Il lui écrivit un petit mot pour ce grand Juif. Leibniz, qui ne le connaissait pas, se fit expliquer le personnage. Après les remerciements et les révérences d'usage, il sortit et vit tout le bénéfice qu'il pourrait tirer de cette rencontre. Il n'aimait pas les Juifs, comme c'était devenu la coutume depuis des siècles, mais les divisions de leur camp ne pouvaient que lui être favorables, surtout elles le renforçaient dans sa conviction que le diable avait bien revêtu le manteau de Spinoza. Le mot diable, ruminait-il, ne provenait-il pas du mot grec *diabolon*, le diviseur ? Une fois son secrétaire dépêché à l'adresse indiquée et le mot d'introduction remis, il eut la joie d'apprendre que dès le lendemain l'entrevue aurait lieu.

Il ne savait pas exactement à quoi s'attendre. Il n'avait pas l'habitude des Juifs. Tout lumineux et supérieur par l'intelligence qu'il était, il partageait les préventions de la civilisation européenne. Il fut désolé d'admettre que devant cet homme qui portait si beau, qui en imposait par sa fortune, sa réussite, ses convictions, ses projets pour la sécurité et l'avenir des Juifs, il se sentait en amitié. Il trouva même que, malgré la différence d'âge, il lui ressemblait physiquement. Il avait le sens des belles choses, et, comme lui, il n'était pas l'ennemi du luxe. Tout différents qu'ils fussent, une même folie les habitait. Tissés dans la démesure de leurs projets politiques qui étaient devenus leur raison de vivre, ils relevaient du même type d'hommes.

Une admiration, qu'il jugea coupable et dont il essaya de se déprendre, le saisit. Il fit effort sur lui-même et se reprit pour ne pas céder devant l'enthousiasme qui l'envahissait. Après tout ce n'était qu'un Juif qui voulait reprendre en main ses coreligionnaires. Lui, en revanche, avait bien d'autres ambitions. Ils étaient cependant d'accord sur l'essentiel. Spinoza, danger mortel pour le monde, le petit monde des Juifs pour Pereyra, le grand monde des chrétiens pour Leibniz, devait être détruit.

Cette rencontre trempa dans le fer le plus inflexible sa détermination. Ses oreilles plus que jamais bourdonnaient de la clameur hostile. Il lui restait à mettre définitivement Schuller de son côté. Ce pion était névralgique dans le dispositif qu'il avait imaginé pour circonvenir Spinoza.

Schuller avait commencé par l'interroger sur la mauvaise opinion qu'il avait exprimée à Graevius sur le *Traité théologico-politique*. Leibniz reconnut qu'il avait changé d'avis au fur et à mesure de ses méditations, sans avoir informé Spinoza de son évolution ; il ne voulait pas le blesser, tant il avait de considération pour lui. Mais cette pensée commençait à devenir dangereuse pour l'avenir de l'Europe. Il fallait arrêter de la diffuser. S'il était aujourd'hui à Amsterdam, c'était pour le rencontrer et essayer de le fléchir afin qu'au moins il s'abstienne d'opinions si délétères.

Hypnotisé par les volutes, les plis et les replis de l'argumentation de Leibniz, Schuller fut ébranlé dans sa fidélité au Hollandais. L'homme de pouvoir soignait son élégance et dégageait un charme affable, mystérieux, sibyllin. Il accéda à sa demande de rencontrer les amis de Spinoza, Bouwmeester, Jellesz, Meyer.

Il jugea la volubilité de Bouwmeester comme le signe d'une grande inconstance. Il ne comprit pas ce qui l'animait, excepté une volonté de plaire que ses moyens intellectuels et sa personnalité le condamnaient à ne pouvoir honorer. Il était épris de littérature, surtout de poésie, mais sa labilité agaçante l'empêchait d'espérer une quelconque reconnaissance. Il était primesautier, jovial, empressé, il courait après ses phrases par à-coups et emballements comme une mouche angoissée cherche la fenêtre pour trouver le plein air. Il trépidait trop pour que Leibniz pût voir en lui autre chose qu'un triste histrion. Au milieu de cette marée verbale toute convulsée, seule demeurait immuable l'amitié pour le maître. L'entretien fut rapide. Leibniz n'apprit rien de cet individu insignifiant.

Il en alla tout autrement avec Meyer. Caustique, profond, admirable rhéteur prompt à retourner comme un gant toutes les argumentations, prétendant avoir démontré les erreurs du christianisme qu'il avait supplanté par un culte d'un nouveau genre, le culte de la raison, il lui avait expliqué être indéfiniment redevable à son maître de sa conversion. Sa pensée l'avait transformé et en avait fait un homme libre. Alléluia, lui glissa-t-il dans un éclat de rire. Il ne l'avait pas vu depuis longtemps, car il devait vaquer à ses occupations, mais il lui conserverait une dette éternelle, sa rencontre l'avait grandi et lui avait fait entrevoir la vérité que les prêtres et autres prédicants et pasteurs, ces gloutons avides de pouvoir et d'argent, s'acharnaient avec perfidie à défigurer pour l'assimiler au mensonge. Leibniz avança avec la plus extrême prudence. Quand il s'enquit de plus de détails sur la vie la plus récente de Spinoza, il le renvoya vers Jellesz qui, d'eux tous, avait gardé une relation plus suivie. Leibniz ne se fit pas violence pour mettre un terme à leur rencontre. Il était mal à l'aise avec Meyer, qui n'était tout compte fait qu'un apostat.

Il se mit donc en chemin pour rencontrer Jellesz. Calme, timide, d'une politesse obséquieuse, celui-ci lui expliqua, avec une grande économie de mots, qu'il devait au maître d'avoir fait de lui un vrai chrétien. Leibniz, prince de la dissimulation, fit effort pour ne pas trahir sa surprise et camoufler la colère qui lui montait aux lèvres. Il crut qu'il se jouait de lui. Jellesz, alerté par l'esquisse d'une petite lippe dubitative sur le visage de Leibniz, lui fit observer que le vrai chrétien est celui qui médite continuellement les paroles du Christ, seul ou en petit comité, et qui s'attache à mettre ses pas dans les siens. Il n'a besoin ni de prêtre ni de pasteur, et plus il imite la vie du Seigneur, plus il réalise que le Christ est admirable en ce qu'il n'a comme personne vécu selon les préceptes… de la sainte raison. Le maître l'avait parfaitement compris lui aussi, et sa philosophie n'était pas incompatible avec le christianisme. Sur ces paroles exaspérantes, Leibniz prit congé.

Quand il faisait le tour des opinions des amis, il était pris de malaise. Chacun l'aimait pour des raisons toutes différentes, quand elles n'étaient pas simplement opposées. La galaxie des relations de Spinoza comportait des planètes tellement hétérogènes qu'elle renforça sa conviction que la pensée du maître, comme ils disaient tous, devait bien manquer de colonne pour relier des vertèbres aussi disjointes.

Encore un signe du monstre, jugea-t-il, ce contradicteur qui déchire le genre humain.

Dans ces rencontres, il sut garder son sang-froid, et n'échangea aucun propos compromettant. Aussi chacun trouva-t-il naturel de le recommander au maître, persuadé que deux intelligences surplombant autant le monde s'entendraient à merveille. Il demanda dès lors à Schuller de l'introduire à La Haye. Spinoza, qui s'était méfié de lui et l'avait pris pour un intrigant à la cour du roi de France contre lequel les Hollandais étaient en guerre, céda devant la pression de ses amis.

Le long du Paviljoensgracht, ce grand canal qui bordait la maison des van der Spyck, se produisit alors un événement unique dans l'histoire du monde. Deux des plus grands génies de l'humanité se font face. Chacun d'eux porte une vision du futur antagoniste et inconciliable.

Leibniz, parfumé, grimé avec sa belle perruque toute bouclée, de grande taille, est dans la force de l'âge. Il a trente ans et respire le luxe, un abondant drapé de velours couvre son buste pour ne laisser apparaître qu'une collerette blanche finement dentelée. Il connaît les cours d'Europe, se trouve à son affaire dans la compagnie des rois. Il a le génie de la mondanité, sait prendre la pose, affecte d'être d'accord quand il ne l'est pas, retourne les arguments pour convaincre, et séduit grâce à son intelligence d'une plasticité extrême et d'une créativité infinie.

Son père, professeur de philosophie morale à l'université de Leipzig, lui a transmis la passion des livres qu'il a portée à incandescence. Il a tout lu, touché à tout, révolutionné toutes les sciences de son temps. Il est plus que jamais convaincu que le monde est en train de prendre une mauvaise direction, que la pensée de Spinoza va le catapulter dans la folie, et que lui seul peut encore éviter la catastrophe. Il tient à être le Soleil de l'univers et juge que la postérité ne se partage pas : ce sera lui ou Spinoza.

Van der Spyck vient de l'introduire au premier étage. Spinoza en est l'antithèse. Un homme simplement vêtu : un pantalon, une chemise blanche, un foulard pour le protéger du froid, une veste en laine pour calfeutrer ses poumons. Mais un homme fatigué, de quarante-quatre ans, sur ses gardes, affaibli, au teint olivâtre.

Toute sa vie, Leibniz se souviendra de l'écharde que cet affrontement avait plantée dans son cœur. À peine avait-il posé le pied sur le carrelage en tomettes rouges mal jointées de la chambre qu'il avait été saisi à la gorge par le contraste criant entre ce lieu dépourvu du plus élémentaire confort, ces murs blancs mal torchis à la chaux, cette chaise de fortune derrière un minuscule bureau, cette petite bibliothèque composée de cinq étagères, comprenant peut-être cent cinquante livres – cet homme n'a pas lu, se disait-il – et l'intensité, la profondeur, le calme, la beauté du regard qui le dévisageait. Spinoza, assis à sa table de travail avec un manuscrit étalé devant lui, avait redressé la tête puis levé lentement les yeux. Lui qui était habitué à la rapidité, ces secondes lui avaient paru une éternité. Le temps semblait s'être figé dans cette chambre, tout s'y produisait lentement, mais avec la sérénité d'un grand fleuve imperturbable qui déroule son flot sans que l'œil aperçoive ni courant ni vitesse.

Leibniz avait été frappé par l'opposition de leurs traits. Spinoza avait un haut de visage rond, chantourné, large, des yeux noirs de jais qui incisaient à même la peau deux grandes ouvertures ovales prononcées et courbes, un grand front luisant qui réfléchissait le feu de l'âtre, des traits fins et délicats qui lui donnaient une physionomie orientale. Il émanait de son être une grande douceur, qui rappelait à Leibniz la placidité des moines. Un moine athée ? s'était-il dit. Comment le croire? Pourtant cette pensée avait traversé son esprit, comme tant d'autres y avaient fait effraction l'éclair d'une seconde. Tout jurait entre eux, dans cet instant primordial, alors qu'aucune parole n'avait encore été échangée. Le choc des apparences était brutal. Ses traits à lui s'exprimaient au contraire plus verticalement, ses yeux étaient petits et perçants, resserrés l'un contre l'autre, si bien que son nez donnait l'impression d'être comme suspendu à la petite barre qui rapprochait les deux yeux et s'exprimait alors dans la pesanteur, comme une écharpe suspendue à une pince à linge. Cette tournure le rapprochait du brochet prédateur, cannibale à l'occasion. En face, une paisible tortue herbivore.

Ce premier instant lui avait glacé les os et l'avait saisi à la poitrine. Il savait que leurs pensées se battaient en duel. Mais que leurs corps soient aussi ennemis, il ne l'avait pas imaginé. Après ce commencement, leur histoire n'avait plus eu qu'à s'égrener. Tout le futur était dans ce début, comme le fruit était inscrit dans la graine de l'arbre.

Leibniz avait inspecté la petite pièce. Un dessin accroché à un mur blanc avait attiré son regard. Après que Spinoza lui eut proposé de s'asseoir à son bureau, face à lui, Leibniz l'avait interrogé sur la raison de cette gravure. Son savoir encyclopédique cousu dans une mémoire automatique qui conservait intact tout ce que la nature offrait à son attention lui avait permis de reconnaître immédiatement dans ce pêcheur affublé d'un filet sur l'épaule, la tête couverte d'un chapeau rouge, une reproduction du légendaire Masaniello, ce Napolitain qui, il y a trente ans, avait pris le pouvoir au vice-roi délégué par l'Espagnol Philippe IV, et soulevé le peuple de la ville écrasé sous l'impôt. Il avait déjà vu cette image dans le livre d'un certain Giraffi, *Le rivoluzioni di Napoli*, dans la bibliothèque de son oncle à Leipzig. Pourtant, là, devant lui, c'était un Masaniello qui ressemblait étrangement à son hôte. Il l'avait interrogé sur cette similitude. Spinoza lui avait répondu avec un sourire : « Mais Masaniello, c'est moi ! » Spinoza avait dessiné la gravure. Il était doué pour le dessin. Et pour la provocation.

Leibniz avait esquissé un mouvement de colère. Masaniello était un vaurien, d'ailleurs au bout de dix jours, ivre d'orgueil, d'arrogance et de férocité il avait fini par être lâché par ceux-là mêmes qui l'avaient soutenu, et sa tête avait fini en haut d'une pique. Leibniz avait demandé à Spinoza si c'était le destin dont il rêvait, d'achever sa vie condamné et exposé au courroux de Dieu.

Avoir entamé la conversation par une remarque, qu'il espérait anodine, sur ce modeste portrait l'avait conduit à défier Spinoza sans délai supplémentaire pour s'observer davantage. Il aurait préféré que cela prît plus de temps. Il n'en avait pas eu. Dieu et la politique avaient fait irruption dès le premier propos échangé.

Conformément aux Écritures, Dieu jugerait Masaniello. Voilà ce qu'il avait déclaré. Spinoza lui avait rétorqué que Dieu ne jugeait personne. Car Dieu ne pouvait pas avoir de jugement. Dieu ne s'intéressait pas plus à Masaniello qu'à eux deux. Ils étaient dangereux ceux qui croyaient que Dieu leur parlait, lui avait-il dit avec une certaine ironie. C'était un philosophe, Leibniz, il pouvait le comprendre. Alors Leibniz avait engagé la discussion sur le mal et le bien, et avait prétendu avoir résolu le paradoxe apparent entre un Dieu bon, omniscient, omnipotent, et qui semblait pourtant permettre l'existence du mal sur terre. Spinoza l'avait interrompu et lui avait suggéré de ne pas perdre de temps en fadaises et en démonstrations impossibles. Spinoza, qui certes n'avait pas comme lui fait de découvertes en mathématiques, ce que Leibniz n'avait pas perfidement manqué de souligner, avait en revanche médité la démarche du grand Euclide qui éclairait comme nul autre pareil le fonctionnement du cerveau humain. Le problème, comme Leibniz l'avait formulé, était tout simplement insoluble, non parce qu'il n'avait pas de solution, mais parce qu'il était tout simplement mal posé. Dieu savait tout, c'était même tout le savoir, Dieu pouvait tout, c'était même toute la puissance, mais il n'agissait ni en vertu du bien, ni en vertu du mal. C'étaient des façons de parler inventées pas les humains pour donner une justification à leurs craintes et à leurs angoisses. Dieu n'avait rien à voir avec la morale. Il lui avait recommandé de ne pas perdre de temps avec ces apories.

Leibniz avait été ébranlé par le calme avec lequel Spinoza avait exprimé devant lui ses pensées qu'il recevait en pleine face comme un jet d'acide. Spinoza lui avait annoncé, imperturbable, que le Dieu des Juifs, des chrétiens et des mahométans n'existait pas, que Dieu, comme Leibniz l'entendait, n'était qu'une création de l'imagination des hommes, que la religion relevait du domaine de l'imaginaire, et que lui, d'ailleurs, n'en avait pas besoin pour être heureux et chercher la liberté.

Leibniz n'avait pu s'empêcher de l'interrompre et de rugir en l'accusant d'athéisme. « Vous êtes un athée », lui avait-il dit. La grenade avait été lancée, Leibniz attendait de mesurer les effets du souffle et la taille du cratère, espérant bien que son hôte serait affecté, blessé, et atteint par l'éclat de l'obus. Ils s'étaient toisés. Spinoza était le premier sorti du mutisme.

Leibniz avait été frappé par l'aridité de sa remarque, et même s'il n'en avait pas beaucoup lui-même, par ce qu'il considérait comme un manque de cœur, de ce cœur qu'il jugeait trop simple.

La riposte avait été coupante. Personne ne croyait que deux et deux font quatre et lui-même ne croyait pas en Dieu. Il en avait une autre idée, mais une idée vraie et non imaginaire, il appelait Dieu tout ce qui existe nécessairement, et comme tout existait nécessairement, comme tout était causé, Dieu c'était la Nature qui produit tout, où tout se produit, et nous étions tous en Dieu, nous en avions tous la connaissance, il nous apparaissait seulement sous les deux dimensions sous lesquelles la nécessité des choses se donnait à voir à notre intelligence, sous l'aspect du monde physique, matériel, corporel, et sous l'aspect du monde mental, du monde de la pensée, des idées vraies, des sensations, des sentiments, des émotions… D'autres de ses aspects existaient sans doute, mais le cerveau humain ne les percevait pas. Il était donc tout sauf un athée. Ce n'étaient que des calomnies que Leibniz reprenait à son compte. Si les gens ignoraient la réalité des choses, et s'ils voulaient croire, il n'avait rien à dire, pourvu que…

Leibniz l'avait apostrophé et taxé de mépris. De quel droit faisait-il une différence entre lui et le reste des hommes, de quel droit se jugeait-il supérieur, de quel droit condamnait-il les humains qui croyaient ?

Spinoza lui avait retourné qu'il ne méprisait, ne moquait, ne maudissait personne et ne déplorait rien. Les choses étaient ce qu'elles étaient, parce qu'il ne pouvait en être autrement. Il n'avait rien contre la croyance dans le Dieu de Leibniz, une croyance en ce Dieu dont le culte ne devait consister qu'en la pratique de la justice et de la charité, une croyance en ce Dieu qui sauvait ceux qui se comportaient ainsi, et qui remettait leurs fautes à ceux qui se repentaient, alors oui cette religion-là lui convenait très bien, parce qu'elle était utile pour la vie en société, et qu'elle avait le même but que sa philosophie, même s'ils y parvenaient par des voies différentes : aimer son prochain.

Spinoza n'avait qu'un seul ennemi : la superstition, celle dans laquelle les prêtres et les pasteurs assoiffés de pouvoir, ivres à l'idée de marcher main dans la main avec les princes et les rois, entretenaient le peuple dans la peur d'une vie d'outre-tombe pleine de châtiments, dans laquelle ils le tenaient en esclavage, un peuple d'esclaves croyant combattre pour son salut alors qu'il combattait pour sa servitude. Spinoza s'était livré sans s'emporter à une attaque en règle de la religion catholique et romaine, toute confite dans le fétichisme et l'abus de crédulité. Comment le grand Sténon, le plus grand anatomiste de son temps, qu'il avait bien connu, avait-il pu renier sa foi protestante pour se noyer dans le lucre des rites, des indulgences, des récits miraculeux des saints, des stigmates de ce saint François dont le sang se serait mis à couler alors qu'il imitait Jésus-Christ ?

Leibniz ne pouvait tout à fait le détromper. Lui aussi était un protestant se méfiant de ces gestes qui cherchaient le miracle aussi sûrement que l'abeille butinait le pollen dans l'assurance du miel à venir. Il lui avait alors livré son plan : réunir toutes les églises chrétiennes pour réduire le poids des croyances inutiles. Il lui avait affirmé avec conviction qu'il arriverait à faire renoncer Bossuet à la transsubstantiation du pain de l'hostie en corps réel du Christ. En revanche, la Trinité, l'Incarnation, la Création du monde, la Résurrection étaient des dogmes irréfragables, des obligations de la foi, la substance de la religion véritable, dont il démontrerait bientôt qu'elle n'était pas contradictoire avec la raison. Cette religion chrétienne universelle à la construction de laquelle il consacrerait sa vie, pour laquelle il ferait en sorte que tous les princes de l'Europe s'y convertissent, il la réaliserait. Il en était sûr : tous les monarques avaient intérêt à la paix. Or la paix européenne ne pouvait avoir pour base qu'une seule religion plus épurée.

Leibniz avait repris de sa superbe, il s'était mis à attaquer Spinoza qui jugeait bonne sa religion à lui, et mauvaise la religion des autres. Il l'avait accusé de répandre la folie dans les cœurs et les esprits, au lieu de se ranger derrière son étendard chrétien à lui. Il fallait qu'il renie son *Traité théologico-politique*, qu'il suive Notre Seigneur, car il n'y avait qu'une seule religion. Le monde avait été créé par Lui parce que c'était le meilleur possible, ou le moins mauvais, Dieu avait tout fait selon le bien et selon le meilleur.

Lui aussi, Leibniz, comme Spinoza qui n'avait pas le monopole des bons sentiments, voulait que les gens ne souffrent pas, qu'ils soient plus heureux, qu'il n'y ait plus de famine, de tremblements de terre, de conquêtes sanglantes, bien sûr. Mais il fallait supporter ce qui semblait imparfait car le monde dans son ensemble était le meilleur des mondes possibles, il offrait le plus grand bonheur général. Les monarques étaient là pour maintenir cet équilibre du monde, en fournissant du travail à tous les pauvres, en augmentant le niveau de leur instruction. Car de même que le peuple avait besoin de religion, de même il avait besoin des rois, comme chacun avait besoin d'un père.

Spinoza s'était alors lancé dans une longue défense de la démocratie, le meilleur des régimes, selon lui. Le pire, lui avait-il répondu. Les rois et les princes devaient être obéis parce qu'ils étaient seuls capables de faire régner la concorde. Spinoza l'avait aussitôt fusillé du regard, mais avec douceur, comme si Leibniz venait de prononcer des paroles dignes d'un enfant de sept ans.

Spinoza avait repris la parole. « Et vous croyez qu'ils y ont réussi, vos amis des cours ? » Les gouvernements étaient toujours les fauteurs des insurrections et de la violence civile, qui étaient la preuve de leur incompétence, avait-il renchéri. Or, à bien considérer la vie de la multitude, était-ce une vie humaine ce qu'elle vivait ? Une vie où l'on ne savait pas comment on allait vivre le lendemain, où on ignorait ce que ses enfants deviendraient, où l'on se rongeait les ongles jusqu'au sang, où la misère était l'horizon du plus grand nombre dans cette vie toujours dans la crainte. Il lui avait exhibé les feuillets dépliés sur le bureau, ceux de sa dernière œuvre, le *Traité politique*, car la politique l'avait toujours hanté, il y avait toujours travaillé. Il en était au plus durable des régimes, à la démocratie, avait-il martelé.

Leibniz l'avait houspillé. Quelle drôle d'idée de vouloir confier à des ignares, qui n'ont pas le temps de se consacrer à la chose publique, le soin du gouvernement !

Spinoza l'avait interrompu de la main. Il ne disait plus, comme il l'avait pensé longtemps, que la démocratie était le meilleur des régimes, mais que c'était le plus inaltérable, le plus fort, le plus absolu en ce sens. Il se pouvait très bien que d'autres régimes conviennent mieux à certains pays, compte tenu de leur passé, de leurs habitudes, ou de leurs mœurs. Le gouvernement aristocratique était ainsi bien adapté au peuple des Provinces-Unies. Cela ne voulait pas dire qu'il était infaillible. D'ailleurs ses amis, les régents au pouvoir, les frères de Witt, n'avaient pas su endiguer la menace française, ils avaient mal joué leurs cartes, et ils s'étaient laissé dépasser par la populace.

Leibniz l'avait interrompu, pensant prendre l'avantage, et lui avait fait remarquer que le peuple pouvait être bien terrible quand il n'obéissait plus. Il ne fallait pas rêver : certains étaient nés pour commander, et d'autres pour obéir. Les choses étaient simples et l'histoire l'enseignait. L'inégalité est naturelle, lui avait-il lancé.

Spinoza n'avait pas réagi. Leibniz avait cru l'avoir affaibli et rangé à son opinion. Il s'était trompé. Bien sûr, Spinoza l'avait reconnu, le peuple pouvait devenir une meute sanguinaire, mais il était conduit à cette extrémité une fois excité par des factions du pouvoir, et quand les conditions de misère et d'insécurité étaient telles qu'il n'avait plus d'autre choix que la rébellion.

En Hollande, il avait été manipulé, humilié, chauffé à blanc, conduit à l'indignation par les orangistes – « vos amis monarchistes, monsieur Leibniz ! » – et par leurs alliés dans l'Église. Quelle tristesse que ces régents, ces hommes amoureux du vrai savoir et si portés aux sciences, aient fini éviscérés, leurs cadavres épluchés, exposés au dégoût public, tête en bas. Il avait voulu, le soir même de leur horrible assassinat, aller placarder à l'endroit du carnage (il avait sorti de son tiroir une affiche) *Ultimi Barbarorum*, deux mots qu'il avait peints en rouge. Oui, les assassins des de Witt étaient les derniers des barbares. « Punissez-les bien, monsieur Leibniz », lui avait-il jeté avec ironie.

Il l'avait accusé d'être par principe l'ami des rois, de s'être convaincu que la naissance conférait des droits de commandement, persuadé que le pouvoir lui revenait naturellement à lui et à ceux des cours, et qu'ils entendaient le conserver bien au chaud. D'ailleurs qu'était-il aller chercher d'autre auprès du bon roi Louis si ce n'est un peu de cette chaude affection gouvernementale ?

Leibniz s'était emporté à ce moment précis de leur échange. Il cédait du terrain sur le fond des arguments, mais sur la pratique du pouvoir, il se sentait beaucoup plus fort que cet homme si naïf qui n'avait aucune idée de ce qu'elle recouvrait. Il s'était enorgueilli d'être allé plaider la paix de l'Europe à Versailles, et non faire une partie de jeu de paume, comme l'autre avait persiflé.

Spinoza l'avait confronté aux piètres résultats de son entreprise : c'était lui le naïf ! Peine perdue de vouloir changer la nature passionnelle, vaniteuse et conquérante du pouvoir, il valait mieux donner à chaque homme les moyens de se transformer lui-même. La paix était hors d'atteinte, il y aurait toujours des désaccords inconciliables. Parce qu'il y aurait toujours des choses que les uns imaginaient d'une certaine façon et que les autres envisageaient différemment. Si tous les hommes vivaient sous le régime de la raison, alors, oui, l'humanité parviendrait à la concorde et chaque homme s'entendrait avec son prochain. Hélas, peu d'hommes étaient guidés par elle, peu d'hommes s'étaient libérés, en grande part, de la servitude des passions, et avaient atteint la paix intérieure, la vraie paix, et la béatitude. C'était pour cela qu'il avait écrit son *Éthique*, pour ouvrir ce chemin. Mais il le savait, ils seraient peu nombreux, ces sages. C'est pour cela qu'il avait écrit son *Traité politique*. Pour tous les autres. Sans rêverie, sans contemplation d'un idéal, quel qu'il soit. Seul le réel l'intéressait, lui avait-il assené ; les faits, c'est ce dont il faut partir, on ne peut pas les faire disparaître. C'est même très dangereux. Il n'était pas un optimiste, comme lui, Leibniz, ni un pessimiste, car les choses étaient ce qu'elles étaient, ni bonnes ni mauvaises. Optimisme et pessimisme étaient les deux mamelles de la bêtise. Devant ce mur impénétrable, Leibniz changea de perspective.

Le regardant âprement droit dans les yeux, il lui avait demandé : « Ne croyez-vous pas que nous pourrions être utiles ensemble à la paix du monde ? »

Leibniz fit à Schuller un résumé de sa rencontre qu'il faisait intégralement défiler dans son esprit, lui exposant la meilleure part, celle qui lui donnait le beau rôle, gardant pour lui la part sombre où il n'avait pas l'avantage. Il le prenait à témoin de sa grandeur d'âme, dont était dépourvu le petit Juif hollandais, comme il le nommait avec mépris.

Il déplorait d'avoir eu affaire à un homme aussi peu au fait des choses humaines, à un gratte-papier aux idées aussi dangereuses que fumeuses, et habité par la passion de détruire. C'est vrai, c'était une puissante intelligence, mais diable comme elle était mal employée ! Il compatissait aux efforts qu'avait dû faire Schuller ces dernières années auprès de lui. Il le comprenait cependant. Combien de fois, pour juger d'un auteur, ne s'était-il pas astreint à lire toute son œuvre pour constater, arrivé au bout, qu'elle n'en valait pas la peine ?

Il expliqua à Schuller qu'il lui avait présenté son plan pour l'Europe et qu'il avait tout fait pour l'enrôler dans cette mission si vitale qu'il avait accepté humblement de partager avec lui. Il admettait ouvertement qu'à deux ils seraient beaucoup plus forts et convaincants. Schuller fut admiratif de ce louable effort et fut lui aussi ravi de l'écouter. Il s'imagina de la partie. Quel preux attelage franchirait ainsi le Danube, le Rhin et la Seine !

Le plan de Leibniz qu'il ruminait depuis des années et qu'il avait affiné après son échec versaillais était aussi simple que difficile. Il comportait trois parties.

D'abord réunifier les différents christianismes, et pour ce faire, régler trois ou quatre points de doctrine. Il convaincrait facilement les catholiques de renoncer à ces ajouts superfétatoires par rapport à la vraie tradition de l'Église. Dès lors on ne se battrait plus pour sa religion puisque tous auraient la même.

Puis créer des institutions européennes de la paix, devant lesquelles les souverains trancheraient leurs conflits.

Enfin, les persuader que l'union fédérale était le meilleur des régimes. « Dans une union fédérale, Schuller, on ne se bat plus entre soi, car les autres membres se ligueraient contre le fauteur de guerre qui s'abstiendrait alors, devant plus fort que lui. Un jour même l'armée européenne ne sera plus que fédérale. »

Spinoza avait eu droit au même exposé. Il avait été ébahi par la construction que Leibniz imaginait lui avoir offerte avec un peu d'avance comme le plus beau des cadeaux d'anniversaire.

Il lui avait précisé les modalités pratiques de son projet, qu'il avait conçu comme un général déroule le plan de sa bataille avec l'assurance de celui qui manipulant des soldats de plomb avec brio y voit un signe favorable du destin. Leibniz avait prévu de ranger l'Allemagne dans son camp ; c'était sa première cible, la plus évidente tant elle avait été si tragiquement éparpillée en un confetti de nations. Il y avait tissé beaucoup de contacts. Son entregent s'abreuvait à une volonté de plaire et redoublait d'intensité à mesure que les princes qu'il rencontrait l'encourageaient. Spinoza l'avait regardé en esquissant un sourire. Leibniz avait interprété ce mouvement du visage comme une marque d'admiration pour ce talent politique dont il était à l'évidence dépourvu. Oui, toutes ces nations allemandes divisées et en guerre les unes contre les autres, il les mettrait dans le camp de la paix. Elles en avaient assez d'être à la merci des puissants, un jour des Espagnols, un autre des Russes, un troisième des Suédois, un quatrième des Français. Il avait convaincu Mayence, il allait maintenant à Hanovre, cette si belle maison qui l'attendait comme son héros.

La péroraison de Leibniz-maître-du-monde avait fait son effet. Le feu de la cheminée sembla comme asphyxié par ces paroles qui paraissaient avoir absorbé d'un coup tout l'oxygène de la pièce. Les poutres en bois cessèrent de produire leurs craquements. Spinoza, lui-même, avait été impressionné par cette aisance mondaine, ce talent de harangueur habitué à penser à la place des autres et à leur dire ce qu'ils devaient faire. Peu importaient le contenu du propos et sa vérité, seuls comptaient l'élan, la musique, l'assurance.

Leibniz avait affirmé qu'ensuite, mécaniquement, la France suivrait cet engrenage de la paix. Elle ne pourrait pas échapper à ce jeu de poulies, car elle aussi faisait partie de cet équilibre des puissances, elle n'était pas seule en Europe, n'en déplaise à Louis. Spinoza lui avait exprimé ses doutes. Les passions humaines étaient toujours à l'œuvre et les passions politiques étaient parmi les plus hargneuses. Il lui avait fait confidence de son voyage chez Condé à Utrecht quand les Français occupaient la ville. La France lui avait semblé aussi grande par l'insouciance que folle par la démesure, ne manifestant pas plus d'intérêt pour le réel qu'un poisson n'en avait pour la terre ferme.

Leibniz avait réfléchi à cette éventualité. Son esprit produisait des combinatoires, comme un volcan projetait à profusion des laves basaltiques. Il n'était jamais pris au dépourvu quand il raisonnait sur la politique et les affaires humaines. Son cerveau avait l'agilité des singes, il se propulsait d'hypothèse en hypothèse, comme le primate de liane en liane, et donnait le tournis à ceux qui assistaient confondus à ce spectacle éblouissant.

Ayant réprimé un picotement d'admiration, Spinoza ne s'était pas laissé prendre. Il avait appris à débusquer ce mépris du réel chez ses interlocuteurs, il savait flairer les délires du monde mental. Sensible au numéro de l'artiste, à sa perfection technique, comme on est sensible aux exhibitions des clowns ou des acrobates, il n'avait pas été dupe. Il avait tourné la tête de droite à gauche puis de gauche à droite plusieurs fois.

Leibniz ne lui avait pas laissé le temps de poursuivre. Tout partirait de l'Allemagne réunifiée. Que cela plaise à la France ou pas, elle suivrait. Car le succès appelle le succès, avait-il lancé fier de lui dans la petite pièce, en jouant de la voix et du mouvement de bras, si bien que quelques feuillets du bureau s'envolèrent.

Leibniz se fit alors prophète. Se tournant vers Schuller, il lui répéta ce qu'il lui avait dit. « L'Europe devant la gloire allemande rejoindra ce joyau fédéral. Un jour l'Europe sera allemande, Schuller. Fédérale et allemande. »

Schuller avait eu envie d'applaudir tant c'était beau, tant cette perspective lui donnait une nouvelle raison d'exister. Quoi de plus beau que de contribuer à la paix ! Seule la déférence qu'il avait pour lui l'empêcha de le prendre dans les bras.

Spinoza n'avait pas montré le même enthousiasme. Ce grand expert de l'âme humaine qui avait subi tant de fois les manifestations ombrageuses de l'orgueil humain, l'avait regardé dubitatif : ce grand esprit discoureur n'était pas un grand homme, mais un bonimenteur de foire, un exalté, un agité, un homme qui méprisait le monde, ses pesanteurs, sa viscosité, un idéaliste qui se croyait capable de plier le réel à ses folies. Il l'avait alors accusé de prendre plaisir à s'écouter parler, lui qui était plutôt économe de ses paroles, de manquer de la modestie et de la patience les plus élémentaires qui seules permettaient de comprendre les événements et les hommes. Il lui avait reproché de ne pas vivre avec les gens de peu, et de se complaire dans les jeux de la cour. Elle détournait du peuple.

Ce torrent d'accusations entailla son cœur et y fit une plaie purulente dont il devait garder le souvenir toute sa vie. Il avait pris une décharge assenée avec une telle douceur que le contraste avec sa violence en amplifiait la douleur. Il avait en face de lui un esprit retors totalement imperméable à ses visions. C'était bien le seul homme qu'il n'était pas parvenu à intégrer à sa philosophie et à ses plans ; il fallait absolument que, par des voies détournées, Spinoza cesse de s'opposer à lui sur tout. Il était revenu au stratagème qu'il avait conçu pour le cas où la seule force de conviction de ses idées s'avérerait insuffisante...

« Schuller, je lui ai proposé de faire la paix en faisant ensemble la paix de l'Europe. »

Leibniz avait pris sur lui et complimenté Spinoza : c'était son frère pour la paix. Comme lui, il redoutait la guerre, comme lui c'était un pacifiste, comme lui il cherchait à ce que la haine n'ait plus d'emprise sur le cœur de l'homme. Aussi pourraient-ils ensemble en accoucher l'Europe. Il lui avait alors proposé de l'emmener avec lui chez le duc Jean-Frédéric de Brunswick-Calenberg, prince de Hanovre, où il irait prochainement. Là-bas il n'aurait à se soucier de rien, il aurait accès à tout ce qu'il voulait pour continuer ses méditations. Il l'avait mis en garde contre sa vie misérable de reclus épuisé. Ce n'était pas cela le bonheur.

Il avait alors employé un ton épique. De concert, ils chevaucheraient le monde entier qui s'inclinerait devant ses deux plus beaux esprits, et l'achemineraient vers la paix perpétuelle. Le prince de Hanovre ferait d'eux ses ministres. L'empereur Léopold Ier les appellerait à ses côtés tant leur renommée serait grande, tant ils seraient utiles à l'Allemagne. Il l'avait adjuré d'avoir du courage, de faire rayonner son intelligence sur l'univers, de le transformer, de le pétrir.

Leibniz crut que l'ascendant qu'il sentait avoir sur Schuller l'autorisait à lui dévoiler la partie moins avouable de son plan. Si Spinoza acceptait sa proposition, alors il l'aurait sous son contrôle, peut-être même à sa merci. S'il refusait, il saurait définitivement à quoi s'en tenir. « Nous aurons sauvé l'Europe, Schuller ! »

Devant la proposition, le visage de Spinoza n'avait pu refréner une grimace de surprise. Que Leibniz soit un homme de pouvoir ne l'étonnait plus, il l'avait admis depuis longtemps, mais à ce point délirant, orgueilleux, grandiloquent, donneur d'ordres et de leçons, jamais il n'aurait pu le concevoir. Cet homme voulait qu'on lui rende un culte. Pour qui se prenait-il ? Pour Dieu, sans doute ! Leibniz cumulait toutes les passions détestables qu'on pouvait trouver dans l'élite. Il sentait l'agressivité et la menace poindre derrière l'épopée. Il s'était levé calmement de son bureau, et lui avait suggéré d'aller prendre l'air. Il était tôt dans la journée, le soleil rasait l'horizon et s'était fait un chemin à travers les nuages. Van der Spyck les avait observés déambuler en silence.

Spinoza l'avait pris par le bras et entraîné le long du canal. Tous deux marchaient côte à côte. Leibniz avait mûri pendant ces minutes ce qu'il allait lui dire.

« Je lui ai proposé de partager le directoire du monde et il a décliné. Vous vous rendez compte, Schuller, cet homme est tellement orgueilleux qu'il ne croit pas utile de se mêler à la marche du monde. Elle n'est pas de son niveau », persifla-t-il dans un éclat de rire.

Pour expliquer son refus, Spinoza lui avait alors raconté qu'il avait déjà rejeté une offre de même facture qu'un autre prince allemand, l'électeur palatin, lui avait faite, un peu moins alléchante certes, mais fort flatteuse également. Il avait été sollicité par un certain Fabritius, ce que Leibniz savait car Fabritius était une de ses relations.

Mais ce dernier, qui n'aimait pas Spinoza et n'était pas politique pour un sou, lui avait imposé une condition inacceptable, en lui ordonnant de ne jamais troubler la religion établie. Il avait ainsi saboté le projet de l'électeur palatin.

« Ma liberté n'est pas négociable, monsieur Leibniz. »

Leibniz avait essayé de faire valoir que cela remontait à plus de trois ans. Depuis, le monde avait bien changé, et Spinoza n'était plus en très bonne santé. Il l'avait adjuré une dernière fois de le rejoindre dans sa croisade pour la paix perpétuelle. Le temps était venu d'agir, de se frotter à la puissance des Grands, et d'en bénéficier car pourquoi de grands esprits comme eux devraient-ils se contenter de de si peu.

Mais Spinoza n'aspirait pas à la même vie que lui. Il avait assez d'argent. Il ne le méprisait certes pas. Le commerce, la libre entreprise et la production de richesses étaient importants, mais ses besoins étaient limités. Il était heureux dans cette Hollande façonnée par sa langue, ses lois, ses mœurs. C'est de ce beau pays qu'il se sentait citoyen, aux côtés de la nation hollandaise tout entière, aux côtés de ce peuple hollandais, de cette multitude qu'il aimait et qu'il ne quitterait jamais. Il n'avait pas envie d'être un citoyen du monde. Pour une simple raison : cela n'existait pas. Les hommes n'étaient les citoyens que d'une seule patrie, la leur. Un peuple, une nation, cela ne se manipulait pas comme un pot de miel que l'on pouvait modeler, verser, déverser, engloutir à sa guise. Le fédéralisme de Leibniz, cet aguichant fantôme, l'épouvantait. Il l'avait mis en garde : à force de poursuivre des chimères, il finirait par échouer puis par mourir seul aigri, amer, et plein d'acrimonie.

Lui avait tracé sa route il y avait bien longtemps maintenant. Il n'était pas encore au bout, pas tout à fait. Il lui restait à terminer son *Traité politique* et à dire la grandeur de la démocratie, ce régime qui assurait à chacun la plus grande liberté, parce que chacun y obéissait à tous.

Leibniz avait joué. Il avait perdu. Il le savait.

IX.

La philosophie comme duel à mort

Cartésiens, prédicants, chrétiens de tous bords, « nation portugaise », monarchistes, Français… Les positions de Spinoza avaient outragé tous ceux qui occupaient quelque position sociale. Être aux côtés de la multitude, lui vouer un immense respect, enjoindre aux gouvernants de la fortifier et de prendre soin d'elle, rien de ceci ne paraissait imaginable à ces hommes. Comment pouvaient-ils se résoudre à renoncer à des millénaires de croyances communes ? Comment ne pas être affolé par la perspective dessinée par le paisible citadin de La Haye ? Ceux qui tenaient les rênes de la politique et de la religion avaient trop à perdre.

Si son aménité désarmait ceux qu'il croisait, le tranchant de ses écrits, la géométrie de ses démonstrations ennemies de tout compromis, l'audace de ses actes armaient une grande foule contre lui. La communauté juive avait tiré la première, prononçant une exclusion d'une inégalable violence à son endroit. Elle estimait avoir fait le travail qui lui incombait et pris ses responsabilités. Elle veillait à ne pas apparaître à son tour comme un fauteur de troubles et frissonnait à l'idée de froisser le pouvoir hollandais. Isolé, Abraham Pereyra ne doutait pas, quant à lui, que Spinoza poursuivrait son œuvre impie et qu'il chercherait à pulvériser le judaïsme. Il comprenait les craintes de sa communauté et préférait ne pas agir seul. Le risque qu'on accuse sa nation juive était trop grand s'il était démasqué. Il était convaincu de trouver un compère en la personne de Voetius, l'austère prédicant, moine-soldat du protestantisme. En grand politique, matois et avisé, Voetius trouvait que Spinoza ne valait pas une messe. Ses opinions n'étaient pas si contradictoires avec celles de son maître Calvin. Et puis il était bien seul, contrairement aux cartésiens. Il ne fallait pas se tromper d'adversaire, Descartes menait tout droit à l'athéisme.

Pereyra avait alors jeté son dévolu sur les catholiques que Spinoza avait morigénés avec une extrême violence. Plus coopératifs, ceux-ci s'étaient rangés à ses arguments. Ils avaient décidé d'éliminer celui qu'ils nommaient le diable. Mais alors qu'ils mettaient au point les derniers préparatifs de l'assassinat, ils s'étaient rendu compte que le pouvoir était déjà sur l'affaire. Les orangistes aux commandes après l'invasion humiliante des Français surveillaient le maître de La Haye. Minorité réprouvée, les catholiques ne souhaitaient aucun conflit. Ils décidèrent de surseoir à leur projet, certains d'avoir laissé l'affaire en d'excellentes mains.

Pour le pouvoir, efficace mais économe de ses actions, Spinoza devait par principe être mis sous observation. Mais trop seul et sans richesse, il ne représentait pas un grand danger. Comme Voetius, c'est aux cartésiens qu'il voulait s'en prendre : Descartes menait tout droit à Spinoza qui était son disciple. Pour abattre l'arbre, mieux valait en scier le tronc plutôt que l'une de ses branches. Cet amalgame avec Bento Spinoza épouvantait les cartésiens. Ils ne se reconnaissaient plus dans sa pensée qui s'était éloignée de façon fort coupable de celle de leur maître. S'ils arrivaient à rompre le fil qui semblait conduire de l'un à l'autre, alors ils se mettraient plus sûrement à l'abri de la vindicte du souverain. Un petit groupe d'érudits lui tendit un piège, mais sa bonté, son calme, sa hauteur de vue les désarmèrent. Tous sauf Johannes Graevius. Celui-ci essaya de convaincre Casearius, l'ancien disciple du solitaire de La Haye, de le faire disparaître, sans plus de succès. Spinoza passait entre les gouttes. Mais l'orage continuait de gronder.

Un homme ne comptait pas capituler. Le dernier entretien qu'ils avaient eu avait dissipé ses ultimes hésitations. Deux titans s'étaient affrontés. Sur ce ring, le match nul n'était pas une option envisageable. Mieux que tous, Leibniz avait senti que Spinoza conduirait à la tombe la religion chrétienne et l'ordre public européen. Par-dessus tout, il avait saisi qu'il l'empêcherait de briller, lui, l'astre de la paix du monde, qu'il fracasserait sa philosophie, qu'il en débusquerait les compromis, et, peut-être même, les compromissions.

Se remémorant l'historique de leurs échanges, il avait réalisé qu'il avait dans le passé commis de graves erreurs. Ne lui avait-il pas, les cinq dernières années, adressé des lettres élogieuses ? Cette habileté tactique n'avait d'autre but que d'amener Spinoza à se découvrir et à entrer dans son intimité, mais, pour la postérité, son ton mielleux, reconnaissant et conciliant pouvait le désigner comme un de ses complices. Leibniz comprenait un peu tard que certaines oppositions, d'opinion ou de caractère, étaient insurmontables. Paniqué à la pensée d'avoir saboté sa postérité, il se précipita de nouveau chez Schuller. Avec une véhémence grandissante, il fustigea Spinoza, cet homme désintéressé des affaires du monde et de la vie matérielle.

— Et vous, Schuller, l'argent ne vous intéresse pas ? Ne me dites pas que vous êtes comme votre ami ?

— Comme vous y allez. Non, sachez-le, je n'ai pas d'argent, pas d'activité régulière. Je suis couvert de dettes. On ne reconnaît pas à leur juste valeur mes travaux d'alchimiste.

— N'en avez-vous pas assez de cette injustice ? Vous méritez mieux, cela fait longtemps que je me suis fait cette remarque, fit-il enjôleur. Que diriez-vous de travailler pour le prince de Hanovre ? Comme vous le savez, il m'a offert de nouvelles fonctions que je prends dans quelques jours. Je peux vous obtenir une pension de sa part, pourvu que vous acceptiez de travailler pour lui.

— À Hanovre ?

— Non, ici. Il y a tant à faire. Le prince aime être informé de ce qui se passe dans certains États européens.

Leibniz l'observait. Schuller était faible, c'est-à-dire achetable, et son compatriote l'avait compris.

— Mais j'ai ma vie déjà faite, je suis à la disposition de Spinoza et de son petit groupe d'amis, de Tschirnhaus, de votre personne.

— Spinoza est un ennemi de la religion du prince de Hanovre qui s'est récemment converti au catholicisme. Et il a des idées arrêtées sur la démocratie, que tout le monde vomit en Allemagne.

La proposition de Leibniz était aussi inattendue qu'intéressante. Schuller déroula mentalement les options qui s'offraient à lui. Continuer sa vie de bohème, naviguer entre les grands esprits du moment, cela nourrissait son estime de lui-même, l'enflait démesurément, mais ne lui procurait aucune ressource. Il songeait à prendre femme, à avoir des enfants – des dépenses qu'il ne pourrait jamais assumer. Il commençait à admettre que la proximité de Spinoza pouvait lui valoir beaucoup trop d'ennuis. Et combien de temps vivrait-il encore ? Un jour la petite routine que Schuller avait mise en place s'écroulerait.

Leibniz le voyait perdu dans ses pensées. Sous l'effet d'une surprise aussi déroutante, son maquillage pour la première fois dégoulinait : Schuller donnait prise. Leibniz patientait, laissant l'intelligence de son interlocuteur se heurter aux scénarios qu'elle élaborait comme une guêpe prisonnière d'un bocal. À la fin, comme toujours, la question se résumait très simplement : quel était son intérêt ? Schuller peu à peu se recomposa.

— Je vous suis infiniment reconnaissant. L'Allemagne m'est toujours restée dans le cœur. Être utile à son pays, n'est-ce pas le devoir de tout honnête homme ? En tout cas, c'est le mien.

Leibniz jubilait intérieurement. Il lui prit le bras pour le guider d'un trait jusqu'au bout du chemin tortueux qu'il venait de parcourir. Sans inutiles circonvolutions.

— Mais vous imaginez bien qu'on ne peut servir deux maîtres aussi contraires à la fois ?

Schuller fit une pause.

— J'ai eu mon moment Spinoza, il est vrai.

— Voulez-vous dire que vous ne l'avez plus ?

— Je l'ai beaucoup apprécié, mais, vous avez raison, il est allé trop loin. Et je n'ai pas une âme de martyr.

— Vous devez surtout faire attention. Aux orangistes, aux Allemands, aux cartésiens, aux catholiques. L'Europe tout entière est à ses trousses et à celles de tous ses amis.

— De Tschirnhaus vous voulez dire ?

— Ainsi que de Jellesz, de Meyer, et de vous.

— Moi ? Mais je n'ai rien fait que mon travail d'honnête courtier.

— Vous lui avez aussi écrit des lettres, en plus de lui transmettre les nôtres, n'est-ce pas ?

— Et alors ?

— Ne comprenez-vous pas ? Les lettres sont un matériau très compromettant, et vous avez dû y être fort aimable. Imaginez qu'elles tombent entre les mains du prince de Hanovre, ou du ministre de la Police de la maison d'Orange, croyez-vous qu'ils vous applaudiront ? Ils les brûleront. Et vous avec.

Schuller voyait maintenant la réalité d'un angle opposé à celui auquel il s'était habitué. Il avait joué avec le feu. Il lui fallait désormais s'en éloigner ou l'éteindre.

— Que faire ? s'inquiéta-t-il sérieusement.

— Les récupérer toutes, ou presque. Avec les miennes s'il vous plaît. Toutes celles dans lesquelles nous pouvons apparaître comme ses complices. Et vite.

— Cela mérite réflexion.

— Non, monsieur Schuller. Cela mérite action. Ne me dites pas qu'avec votre immense savoir d'alchimiste vous ne pouvez pas lui préparer une petite potion qui l'endormira et vous laissera libre d'agir quand vous serez dans sa chambre. De l'antimoine avec des herbes somnifères et un peu d'or dissous, cela ne peut pas faire de mal…, sourit-il.

— Vous savez comme moi l'aléa de tous ces breuvages. Certains sont efficaces, d'autres peuvent empoisonner.

— Et alors, ou bien vous l'endormez ou bien… Dans les deux cas, quelle importance ?

Stupéfait, Schuller le considéra gravement. Leibniz respira profondément avant de reprendre :

— Combien de temps lui reste-t-il à vivre ? Un an tout au plus. Au pire, nous le privons de quelques mois d'existence. Ce sont des mois pendant lesquels il peut encore faire beaucoup de mal.

Il se tut, prit son chapeau, se dirigea vers la porte, l'ouvrit, puis se retourna d'un coup.

— Un dernier mot. Je veux récupérer ses œuvres. Toutes les œuvres qu'il n'a pas encore publiées.

Avoir ses œuvres sous sa main, c'était posséder l'ennemi. Il claqua la porte.

Sous le crâne de Schuller, la tempête s'était déclarée. Son intérêt était d'exécuter ce que lui commandait Leibniz – car c'était bien un ordre, déguisé, mais rémunérateur. Étant donné son indigence, il n'avait guère le choix. Il décida d'attendre avant d'aller revoir Spinoza, qui l'aurait inévitablement questionné sur ses relations avec l'Allemand Leibniz. Lui qui était pourtant habitué aux habiletés, il pouvait se découvrir par mégarde. La mi-janvier 1677 lui parut un moment propice pour reprendre contact.

Spinoza paraissait aller mieux mais cela ne l'abusait pas, comme il l'avait déclaré à son visiteur. Il avait besoin de remèdes pour éviter de retomber dans l'apathie et les souffrances de ces dernières semaines. Schuller le rassura, il avait perfectionné son art. Ses breuvages étaient d'une qualité remarquable. Il en avait administré à l'une de ses relations qui avait totalement recouvré ses forces. Il lui en apporterait la prochaine fois. Spinoza ne refusa pas. Que lui coûtait-il d'essayer ?

Il revint le 5 février. L'état de Spinoza s'était dégradé. Ils commencèrent par parler de tout et de rien. Puis il lui proposa une de ses décoctions. Spinoza mit la fiole sous son lit. Il lui demanda ensuite de bien vouloir le laisser se reposer.

Quand Schuller revint une semaine plus tard, van der Spyck lui demanda de ne pas faire de bruit, car Spinoza s'était endormi. Il monta à pas légers. Spinoza était livide.

L'alchimiste remarqua que la fiole avait disparu. Le philosophe murmurait des paroles indistinctes, se taisait, se remettait à délirer doucement. Puis il s'assoupit profondément. Le moment était venu. Spinoza n'avait pas de secret pour lui. Il ouvrit le tiroir du bureau sans faire de bruit. Les lettres s'y trouvaient. Elles étaient rangées par ordre chronologique. Il récupéra facilement huit lettres de Leibniz pleines d'admiration. En ce qui le concernait, une seule pouvait prêter à interprétation. Il dissimula les neuf lettres sous sa chemise, et disparut. De retour chez lui à Amsterdam, il les jeta au feu. Il écrivit une lettre à Leibniz dans laquelle il lui disait qu'il était inquiet pour la santé de Spinoza. Avait-il contribué à sa dégradation ? Il ne le savait pas, de toute façon personne ne le saurait.

Le samedi 20 février, il reçut la visite d'un proche des van der Spyck lui demandant de venir au plus vite à son chevet. Il prit le premier bateau le lendemain, frappa à la porte, conversa avec les logeurs avant qu'ils ne partent à la messe. Il leur demanda d'acheter un vieux coq, leur disant qu'un bouillon de volaille pourrait faire régresser le mal. À leur retour, ils déjeunèrent ensemble. Puis les van der Spyck ressortirent faire leurs dévotions et écouter le sermon du pasteur. Seul avec Spinoza, Schuller essaya de lui faire la conversation. De grands moments de silence succédaient à quelques paroles saccadées. Spinoza avait conscience que sa course prenait fin. Il lui demanda de se méfier de sa sœur et de son mari qui, comme des rapaces, voudraient faire main basse sur le peu de fortune qu'il avait. Il lui demanda aussi de participer à la diffusion de ses idées, celles d'un homme qui avait recherché la vraie sagesse, et qui l'avait trouvée. Vers les trois heures de l'après-midi, il expira.

Face au cadavre, Schuller se dirigea vers le bureau, prit ce qui se trouvait dessus, quelques ducats, quelques pièces d'or ainsi qu'un couteau à manche d'argent, la maigre fortune de Spinoza. Il ouvrit le tiroir où étaient calfeutrées les œuvres non publiées. Stupeur. Celui-ci était vide. Schuller fut terrassé. Comment honorer la commande de Leibniz ? Il transpira à grosses gouttes.

Les van der Spyck rentrèrent du temple. Il descendit en larmes leur annoncer la nouvelle. La disparition de cet homme qui les avait toujours écoutés, conseillés, auquel la condescendance était étrangère, les frappa comme la foudre. Tous deux avaient cherché à se préparer en vain à cette annonce. Une partie d'eux-mêmes les quittait dans la douleur. Hendryck, le mari, fut le premier à se ressaisir. Plein de bon sens, il déclara à Schuller que Spinoza n'ayant pas fait de testament, il fallait séance tenante faire venir un notaire pour dresser l'inventaire de ses biens. Il alla chercher van der Hoven, un notaire qui logeait à proximité. La liste des biens était réduite : quelques vêtements, un lit, des petites tables en bois, un jeu d'échecs, un tableau, des instruments d'optique, des lunettes, des tuyaux, un moulin à émoudre, une bibliothèque à cinq étagères et cent soixante livres. L'inventaire était rapide à faire. Le notaire dressa un procès-verbal, en présence, écrivit-il, de Gregorius Hermanus Schuller. Celui-ci demanda au notaire de rayer son nom de l'acte notarié, il n'était qu'une relation, avait fait de son mieux, et n'avait jamais demandé à être présent lors de l'enregistrement judiciaire des biens de Spinoza. Nerveux, il finit par prendre des mains du notaire la plume et raya son nom. Il préférait que la postérité ignore sa présence. Leur tâche terminée, le notaire et son clerc prirent congé.

Schuller et van der Spyck se retrouvèrent face à face. Schuller était mort d'inquiétude. Qu'étaient devenues les œuvres de Spinoza ? Elles ne figuraient pas dans l'inventaire que le notaire avait dressé. Van der Spyck lui répondit qu'hier Spinoza lui avait demandé de les garder par-devers lui pour qu'il les transmette à Rieuwertsz. Il avait décidé de les apporter le soir même au batelier qui faisait la liaison maritime La Haye-Amsterdam, pour qu'il les remette à l'éditeur sitôt achevé le dernier trajet.

Schuller tira sa révérence. L'obsession de les récupérer au plus vite l'obnubilait. Il se cacha dans une auberge située juste en face de l'embarcadère. La nuit tombée, il vit arriver van der Spyck. Il épia de loin sa conversation avec le batelier, qu'il vit prendre le paquet et le déposer sur un banc à côté de lui. Une fois le logeur parti, il monta sur le bateau et paya le trajet. La mer était agitée. Les vagues arrosaient généreusement l'intérieur de l'embarcation. Il jeta son manteau sur le colis et entama la conversation avec le batelier. À cette heure-là en ce mois d'hiver, il était le seul passager du bateau, en plus du faible équipage. Le batelier trouva sympathique qu'un homme qui semblait respectable s'intéressât à lui et prît soin de ses marchandises. Il répondit aux questions de

Schuller. Il connaissait un peu ce M. van der Spyck qu'il conduisait assez régulièrement jusqu'à Amsterdam. Cette fois-ci, celui-ci lui avait demandé d'acheminer au Dirk van Hasseltssteeg le paquet que son interlocuteur venait aimablement de recouvrir pour que l'eau ne l'abîme pas. Cela ne l'arrangeait pas. C'était loin de chez lui, l'un de ses enfants malades l'attendait. Schuller offrit son concours. Le batelier le remercia chaleureusement.

Après avoir mis pied à terre, Schuller rentra directement chez lui. Pour économiser en attendant le traitement que, grâce à Leibniz, il recevrait bientôt, il avait attendri van Gent, le copiste, et celui-ci avait proposé de l'héberger chez lui dans une petite chambre. Il rentra à pas de velours. Assis sur la minuscule table qui faisait face à son lit, il écrivit une courte missive à Leibniz.

Au très éminent homme d'État Gottfried Leibniz,

La mission est accomplie, comme vous me l'aviez demandé. J'ai avec moi les œuvres manuscrites. Comme convenu, je vous confirme mon accord pour vous les remettre. J'ai hélas dû supporter un certain nombre de frais imprévus et suis victime de tenaces crises d'angoisse. Aussi dès que vous m'aurez remis cent cinquante florins, vous pourrez considérer que ces œuvres sont vôtres.

Votre tout dévoué
G.H. Schuller
Alchimiste,
homme de science et de devoir

Éclairé de la maigre flamme d'une bougie, il plia la lettre dans l'enveloppe, la cacheta et la rangea sous une de ses chemises dans le placard. Allongé sur son inconfortable lit, il fit défiler dans sa mémoire ses dernières années. Schuller était content de lui, et du rôle que Leibniz lui donnait. Il arrive que les hommes d'idées soient avides de sang.

Le bruit que faisait van Gent dans la petite cuisine attenante à sa chambre réveilla Schuller. Voilà longtemps qu'il n'avait pas passé une nuit aussi paisible. Il se redressa sur son séant, cala son dos contre le mur, inspecta d'un regard altier la petite chambre. Puis il se leva pour vérifier que la lettre était toujours là, entre deux chemises, et que l'ouvrage était bien dissimulé au fond de la petite armoire face à son lit. À nouveau couché dans la même position, il ferma les yeux, prit une longue respiration.

Sans nul doute, il n'était plus le même homme. Lui, l'alchimiste, par l'éclair de sa décision, était devenu d'un autre métal. S'être mis au service de Spinoza l'avait certes transformé, mais fréquenter ce mort-vivant l'avait, tout compte fait, fragilisé. Peut-être avait-il contribué à cette fin prématurée, mais il se rassurait de l'innocuité de son comportement, de toutes les manières, le petit Juif hollandais était déjà condamné. Quelle différence entre mourir aujourd'hui, demain, dans une semaine, dans un mois? Aucune sous le registre de l'éternité où son ancien maître se plaisait à vivre. Et puis il lui avait toujours semblé que celui-ci n'était pas hostile à la perspective de se suicider, se consolait-il. Il se lavait de toute culpabilité. Jamais personne n'en saurait rien, de toute manière.

Désormais une grande envie de vie l'attendait, au service du prince allemand de Hanovre et de Leibniz, l'un de ses *missi dominici*... Il ne doutait pas qu'étant donné son savoir-faire et sa nouvelle fortune qu'il entrevoyait il nouerait une relation directe avec le prince, qui le ferait assurément ambassadeur. À la cour de France ? d'Angleterre ? d'Espagne ? À choisir, il aurait préféré la France, mais se résolvait par avance à ne pas faire le difficile quand la dignité lui serait proposée. Le carrosse du destin s'était arrêté devant sa porte. Il y monterait. D'ores et déjà, il se figurait dans sa diligence, entouré de ses serviteurs, comblé des hommages que l'on rendrait à son rang. Georg Hermanus Schuller, prépare-toi à devenir un grand de ce monde, murmurait-il intérieurement. Fourrier de la paix universelle, il chevaucherait l'Europe. Il ne croyait pas à ces sornettes de paix chrétienne, mais cela n'avait aucune importance. Si l'Église lui permettait d'accéder à la célébrité, il se signerait tous les jours et se ferait grand chrétien. Foin du bel esprit qu'il avait été. Niaiseries d'adolescent. *Geld regiert die Welt*, prononçait-il dans son allemand natal. Depuis qu'il avait fait le bon choix, plus rien ne le menaçait.

Le bruit qui l'avait tiré du sommeil avait disparu. Schuller s'habilla, sortit et alla poster la lettre. Il passa les quinze jours qui suivirent en évitant de croiser van Gent. Pourquoi continuer de frayer avec sa vie d'avant ?

Il rentrait tard dans la nuit, laissait des mots sur la petite table de cuisine sans pouvoir s'empêcher de signifier à son hôte que de grandes affaires le tenaient éloigné de la vie réglée qu'il avait menée jusqu'alors. Van Gent connaissait la forfanterie de notre homme, il ne se formalisa pas. Schuller attendait en fait avec nervosité de recevoir de Leibniz les florins. Ils inaugureraient sa nouvelle existence qui lui permettrait de quitter ce logis méprisable. Il passait sa journée en ville, à déambuler, à fréquenter les tavernes, à boire chaque jour un peu plus.

Van Gent reçut une lettre désespérée de Jan Rieuwertsz qui l'avertissait de la mort de Spinoza et de la disparition de son *Éthique*.

Ses yeux s'embuèrent de larmes. Le sage est mort ? Comment le croire ? Et l'*Éthique* ? Perdue ? Volée ? Il se mit à soupçonner le monde entier.

Rieuwertsz l'informait que Jellesz et Meyer étaient venus lui apprendre ces terribles nouvelles, et que Schuller avait beaucoup fréquenté Spinoza les derniers jours de sa mort. Aucun d'eux n'avait de ses nouvelles. Comme Schuller était une de ses proches relations, l'éditeur lui demandait de bien vouloir se renseigner et d'obtenir de sa part quelque indication sur ces derniers jours. Il le remerciait d'agir vite. Le bonheur de l'humanité était en jeu.

Le modeste van Gent n'avait dit à personne qu'il avait accueilli Schuller, tant il lui était apparu naturel d'aider sa vieille connaissance dans le besoin et de pratiquer l'aumône et la charité en silence. Il ne pouvait certes manquer de constater ces jours-ci l'étrangeté du comportement de son hôte. La mort de Spinoza avait sans doute dû l'ébranler. Pas autant que lui, se dit-il, car sa faible constitution ne pouvait supporter une annonce si brutale. Il n'eut d'autre recours que de boire pour fuir le choc et le tenir à distance.

Il veilla tard pour intercepter son locataire dès que celui-ci franchirait le seuil. Sur le coup des trois heures du matin, celui-ci entra sur la pointe des pieds. L'obscurité était totale dans le petit appartement. Il s'était assis en face de la porte. Dès que Schuller la referma, il alluma la bougie.

— Bonsoir Georg. Ainsi tu cherches à me fuir ?

— Allons, ne dis pas de bêtises, je suis retenu par de grandes affaires, tu le sais, je te l'ai écrit.

— Qui t'amènent à y passer tes nuits et à puer la bière ? Tu n'as rien à me dire ?

— Mes affaires relèvent du secret d'État. Désolé.

— Ah, tu ne peux donc rien me dire... ?

Il hésita mais l'alcool l'enhardit.

— Tu ne peux pas me dire que Spinoza est mort ? Tu ne peux pas me dire que l'*Éthique* a disparu ? Tu ne peux pas me dire que nous sommes tous des orphelins ? Tu ne peux pas me dire que nous allons perdre cette lucidité sur la vie qu'il nous faisait partager ? Tu ne peux rien me dire... Je t'ai accueilli ici, et tu me traites comme le plus parfait inconnu. Tu peux déguerpir ! Va-t'en. Sur-le-champ.

Schuller n'eut pas le temps de répondre. Il prit un coup de poing violent à l'estomac. Van Gent avait l'alcool triste et mauvais. L'Allemand riposta. Ce fut alors une mêlée de gestes et de gifles. Schuller se retrouva à terre. Écumant de rage, van Gent courut dans la chambre pour la débarrasser de ce qui appartenait au malotru. D'un geste rageur, il plongea la main dans l'armoire et fit choir les vêtements sur le sol, afin de les pousser dehors avec leur propriétaire qui venait d'apparaître dans l'encadrement de la porte.

Un bruit sourd se fit entendre sur le parquet. Ils échangèrent un regard, c'était à qui se précipiterait le premier. Ce fut van Gent. Dans les mains il tenait un paquet pesant. Ne pouvant se contrôler, il déchira l'emballage. Ses yeux s'écarquillèrent. Il n'osait le croire.

— Qu'est-ce que cela fait ici ? hurla-t-il.

Schuller comprit immédiatement le piège tendu. L'habileté revint à l'acrobate.

— Qu'est-ce qu'elle fait là ? L'alcool t'a égaré, mon garçon, lui assena-t-il avec une pointe d'ironie. Tu es vraiment devenu fou.

Il sut que désormais il le terrasserait.

— C'est bien normal qu'elle soit là.

— Normal ? Nous sommes nombreux à nous ronger les sangs à la recherche de l'ouvrage tant aimé, et toi tu…

— Moi quoi ? Je l'ai évidemment avec moi car Spinoza me l'a confiée pour que je la remette à Rieuwertsz avec ses autres ouvrages. Hélas, mes dernières occupations, et j'ai bien pris soin, si tu as bien lu, de t'en dire la gravité toute politique, ne m'en ont pas encore donné le loisir. Mais je comptais les envoyer à Rieuwertsz ces jours-ci. Y vois-tu un problème ?

Van Gent se décomposa. Il s'en voulait de s'être aussi mal conduit et d'avoir suspecté son vieil ami. Schuller reprit :

— Voyons voir si tu n'as rien abîmé dans ta folie. J'en suis le gardien, lâcha-t-il avec la morgue d'un monarque sur son trône.

Il retourna les livres, les inspecta du regard et du toucher. Tout était en ordre. Il ramassa ses affaires, les rangea avec application, claqua la porte de la chambre et se coucha. Il cria de son lit :

— Demain, nous irons les envoyer à Rieuwertsz.

L'appartement fut noyé dans le silence et l'obscurité, comme un navire qui s'enfonce dans la brume de la nuit.

Incapable de s'endormir, il voyait ses rêves de fortune partir en fumée. Leibniz refuserait évidemment de le payer. La route serait plus longue qu'il ne l'avait souhaité. Il lui faudrait accepter de dépendre de Leibniz, et du prince qui lui mesurerait parcimonieusement son concours. Au moins conservait-il l'espoir de la gloire.

Le 7 mars 1677, le pli fut remis à la diligence. Le 25 mars, Rieuwertsz écrivit à tous les protagonistes pour leur dire qu'il avait réceptionné les ouvrages que Schuller lui avait adressés. Il leur demandait de se tenir prêts pour le lourd travail d'édition des œuvres à venir. Schuller envoya une lettre à Leibniz pour le prévenir qu'il n'avait pas eu d'autre choix que de céder à la pression des amis de Spinoza et de leur confier l'*Éthique*. Qu'il se rassure, il jouerait un rôle clé dans la publication des œuvres, il veillerait à ce que Leibniz ne soit jamais cité, critiqué, ou même menacé. Sa résolution était entière : il débuterait sa nouvelle vie dès que Leibniz lui ferait signe. Entre agents doubles, ils ne pouvaient que se comprendre. On est toujours pantin et marionnettiste à la fois. Où est le drame ? pensait-il.

Les nations et les hommes dansent toujours en funambules sur le fil de l'histoire. L'*Éthique* aurait pu disparaître. Si van Gent n'avait pas bu, si sa constitution lui avait permis d'absorber l'alcool sans l'inciter à en découdre, si Schuller ne s'était pas installé sans bourse délier chez son ami, s'il s'était précipité plus tôt chez Leibniz et lui avait mis le marché sous les yeux, s'il avait été plus sage, plus prudent, plus économe, si Leibniz avait été moins vindicatif, s'il avait été moins assoiffé de gloire… l'*Éthique* se serait peut-être définitivement volatilisée.

Mais de même qu'il était nécessaire que Spinoza meure et qu'il meure ainsi, de même était-il nécessaire que l'*Éthique* vive et qu'elle vive ainsi. Car rien de ce qui arrive sous le soleil aurait pu ne pas se produire ou se produire différemment. Voilà la leçon du maître. Et, puisque tout est cause et causé, l'*Éthique* nous tend désormais la main.

Ce que l'on sait

La recherche sur la vie et la philosophie et les rencontres de Bento Spinoza a fait d'immenses progrès depuis une vingtaine d'années, en Italie, aux États-Unis et en France.

Il est désormais documenté que Leibniz était un informateur à la solde de princes allemands, qu'il aurait pu être un agent double, qu'il adorait le pouvoir et la fréquentation des grands de ce monde, qu'il aspirait à la gloire dans le domaine des idées et de la politique, que Schuller était un personnage trouble devenu l'un de ses proches, qu'il s'était mis à la disposition du dernier commanditaire de Leibniz, le duc de Hanovre, puis qu'il harcelait Leibniz pour devenir son ambassadeur officiel aux Provinces-Unies en remplacement de l'ambassadeur en place, un personnage douteux qui avait dû se réfugier en Allemagne après avoir été condamné à perpétuité en Hollande pour espionnage.

On sait encore que Schuller a accompagné Spinoza dans ses derniers jours, qu'il a fait rayer son nom de l'inventaire des biens fait par le notaire le jour même de sa mort, qu'il a demandé à Leibniz une rançon pour lui remettre l'*Éthique* et rendre plus difficile son passage à la postérité. Enfin, il est établi que Leibniz est allé voir plusieurs fois Spinoza à la fin de l'année 1676, qu'il le détestait et l'admirait tout autant, qu'il était l'ennemi à combattre, que Schuller était hébergé chez van Gent, que leurs relations s'étaient détériorées au point de se haïr, que Rieuwertsz l'éditeur n'a récupéré le manuscrit de l'*Éthique* que courant mars 1677...

Ce que Spinoza et Leibniz se sont dit échappe à l'histoire. Mais nul doute que Leibniz, à défaut de parvenir à le convaincre de la fausseté de ses idées, n'ait cherché à le circonvenir.

Ce que pensait Spinoza menaçait les fondements des sociétés européennes. Il était accusé d'avoir forgé ses idées en enfer. Il savait que le grand public percevait l'indécence de ses idées, leur caractère neuf et abrasif. Il s'était promis de se conduire avec prudence, car il se savait menacé depuis longtemps. *Caute*, se répétait-il, jusqu'à le faire inscrire sur son sceau. Mais on n'est jamais trahi que par les siens. On le sait.

On y succombe.

REMERCIEMENTS

Je tiens à remercier tout particulièrement Jean-Paul Enthoven, sans le concours duquel ce roman n'aurait pas vu le jour. Éclaireur génial, il m'a encouragé puis accompagné dans cette traversée.

Mais aussi Bernard Pautrat, sage spinoziste, qui m'a fait pénétrer la profondeur de Spinoza. Son séminaire à l'École normale a été la source d'une joie profonde comme il y en a peu. Quelques passages de sa traduction de l'*Éthique* sont reproduits dans le livre.

Un grand merci à Ulysse Korolitski pour nos discussions précieuses.

Ma reconnaissance va également à Pierre Marlière pour ses conseils toujours avisés ainsi que plus largement à toute l'équipe de Grasset qui a pris soin de cet ouvrage, en particulier Agnès Nivière.

Ce livre aurait été impossible s'il n'avait été précédé des admirables travaux de Chantal Jaquet, Alexandre Matheron, Robert Misrahi, Hélène Bouchilloux et Omero Proietti. Et de tant d'autres.

Composition Maury-Imprimeur

Cet ouvrage a été imprimé
par CPI Brodard & Taupin à La Flèche (Sarthe)
pour le compte des Éditions Grasset
en avril 2023.

PAPIER À BASE DE FIBRES CERTIFIÉES

Grasset s'engage pour l'environnement en réduisant l'empreinte carbone de ses livres. Celle de cet exemplaire est de :
400 g éq. CO_2
Rendez-vous sur www.grasset-durable.fr

N° d'édition : 22816 – N° d'impression : 3052525
Dépôt légal : mai 2023
Imprimé en France